文學研究叢書・辭章修辭叢刊

章法論叢

第十五輯

中華民國章法學會

主編

序

　　懷著感謝與興奮的心情，第三度執筆為序，這表示，「章法學會」在諸多師友的鼓勵支持下，又邁出一步了。

　　《章法論叢・第十五輯》共收錄六篇論文，均經匿名雙審制度審查，通過之後，且須依據審查意見表之意見修改，然後方始刊登。本輯所收論文中，有專研章法學理論者，如仇小屏〈論邏輯之單一明確與多樣共融〉。亦有致力於學術理論與教學實務之結合者，如麗壯城、孫妍〈辭章學視角下的語文教學——以《竇娥冤（第三折）》為例。還有，楊雅貴〈明代科舉硃卷評點視角下的讀寫互動關係——以王象晉〈萬曆甲午科鄉試硃卷〉作考察〉，結合了評點學、辭章學、寫作學，得出新的成果。另外，蔡知臻〈楊牧詩中的動物意象——以「自我」為論述中心〉是從意象學角度，進行深度探究。而謝奇懿、林敬碩、徐秀芳〈應用華語詞彙等級於華語文本分級方法之研究——以 BPNN 方法建立華語文本分級模型〉，對華語文理論與教學作出貢獻。最後，莊育鯉、顏智英〈基隆港古船舶模型再現之歷史脈絡敘事展示〉，則是以敘事角度探究海洋學的嶄新成果。值得一提的是，論文發表者中，有舊雨，也有新知；既有長期耕耘的學者，也有年輕新秀。每念及此，就對章法學會的持續力與生命力，感到由衷的喜悅。

　　《章法論叢》能夠賡續出版，首先要特別感謝萬卷樓梁錦興總經理鼎力支持，並感謝國立臺灣海洋大學共同教育中心語文教育組顏智英教授全力促成。還有，彭秀惠小姐、張晏瑞先生策劃周詳，林以邠小姐承擔了許多庶務，他們都是讓工作得以順利進行的大功臣，在此

一併致謝。《章法論叢・第十三輯》出版於二〇二〇年十二月,《章法論叢・第十四輯》出版於二〇二二年五月,而今是二〇二三年五月。全世界堅忍地走過疫情,終於迎接了隧道之後的光亮,「章法學會」也是如此。期待喜愛章法學與辭章學的學界同好,能持續在這塊園地上以文會友,共創學界的好風景。

中華民國章法學會理事長仇小屏謹序

二〇二三年五月九日

目次

論邏輯之單一明確與多樣共融

仇小屏

國立成功大學中國文學系副教授

摘要

　　章法是組織的邏輯，現代章法學歸納出數十種組織邏輯，這些組織邏輯通常稱為「某某章法」。本論文處理了三種情形：「運用單一邏輯者」、「運用兩種邏輯者」、「運用三種（含）以上邏輯者」。並得出以下心得：其一：「單一／多樣邏輯」之可能與變動，因為，如果提出了新的解讀邏輯，單一就會變成多樣，反過來，如果並未領會到某種解讀邏輯，則多樣也可能變成單一。其二：幾種乃至單一邏輯之浮現，是人生之必須與必然，若是呈現為單一邏輯，則快速果決之利十分顯然，且此種單純明確之邏輯表現，讓文本明朗明快。其三：若運用「兩種邏輯」，則這兩種邏輯有「融合無間」、「區分主副」、「一顯一潛」等互動方式。其四，運用「三（含）種以上邏輯」者，一種是以「核心邏輯」統領起其他邏輯，另一種是邏輯的「留白」，還有一種是顯示出邏輯的層次、包孕與彈性。

關鍵詞：章法、組織邏輯、結構、現代章法學、核心邏輯、單一邏輯、
　　　　多樣邏輯

一 前言

陳滿銘教授開創了現代章法學。陳滿銘《篇章結構學》認為：
「章法處理的是篇章中內容材料的邏輯關係。」[1]而這些邏輯關係不
僅限於語言之篇章。因此，簡言之，章法是組織的邏輯。現代章法學
歸納出數十種組織邏輯，這些組織邏輯通常稱為「某某章法」。[2]

而在探究個別文本的章法時，屢屢出現此種情形：用這種章法或
那種章法來分析，好像都有理可說，但是，又無法全面涵蓋。如此，
遂產生一個疑問：個別文本之組織邏輯是單一還是多樣？有何原因？
各自的效果如何？而若是多樣邏輯，則彼此之間又是如何互動的？本
論文試圖回應此疑問，因此主題訂為：探究邏輯之單一明確與多樣
共融。為讓探討的涵蓋面更大，也更能反映出本論文之主題，本論文
儘量採用多元文本。其下為文本分析：首先，是「運用單一邏輯
者」；其後，是「運用多種邏輯者」，因為此部分的情況較為複雜，所
以又區分為二：「運用兩種邏輯者」，以及「運用三種（含）以上邏輯
者」。因此，本論文總為三節。

1　見陳滿銘：《篇章結構學》（臺北：萬卷樓圖書公司，2005年5月），頁115。
2　這些章法是今昔、久暫、遠近、內外、左右、高低、大小、視角轉換、知覺轉換、
　時空交錯、狀態變化、本末、淺深（輕重）、因果、眾寡、並列、情景、論敘、泛
　具、虛實（時間、空間、假設與事實、虛構與真實）、凡目、詳略、賓主、正反、
　立破、抑揚、問答、平側、縱收、張弛、插補、偏全、點染、天（自然）人（人
　事）、圖底、敲擊等。詳見陳滿銘：《篇章結構學》，頁190-222，及拙著：《篇章結構
　類型論》（臺北：萬卷樓圖書公司，2000年）。

二　運用單一邏輯者

運用單一邏輯者，形成的是單純明確之邏輯表現，整體風格也往往趨於明朗明快。

（一）古典散文——夸父逐日

其下為原文：

> 夸父與日逐走，入日。渴，欲得飲，飲於河、渭。河、渭不足，北飲大澤。未至，道渴而死。棄其杖，化為鄧林。

本篇採用最為基本的順敘邏輯[3]——由先而後、由頭至尾，來敘述一件壯烈驚人的事蹟。一個好奇、渴盼、倔強的心願，引發一個接著一個的行為，刻劃出人類史的縮影——永遠不竭的探索與行動，展現了強大的意志與勃發的生命力。事件本身深富意義與感染力，順敘的簡單與簡潔，很有效地呈現了這個事件。

（二）新詩——魯黎〈泥土〉

其下為原詩：

> 老是把自己當作珍珠
> 就時時有怕被埋沒的痛苦
>
> 把自己當作泥土吧

3　此為今昔法中之「由昔而今」結構。

　　讓眾人把你踩成一條道路[4]

雖說詩貴簡潔，但是若將此詩裁去前幅，則了無意味。作者先著眼反
面——珍珠怕被埋沒，再回擊正面——泥土捨身成路。由反迴正，張
力甚強[5]。而且，此種明快的布局與簡明的語言相搭配，乾脆俐落，
直擊人心。

（三）專業實用文——生理所碩士論文

　　其下為本校生理所學生論文（節選）[6]：

> 肌肉力量和耐力的測量包括上肢肌耐力和下肢肌耐力。首先，
> 以手臂屈舉測驗測量上肢肌耐力，受試者坐在椅子上，背部挺
> 直，雙腳平放在地板上，以慣用手手持啞鈴（男性八磅，女性
> 四磅），在一分鐘內以舉起的次數為單位做紀錄。其次，下肢
> 肌耐力以椅子起立坐下測驗作為測量，受試者先坐在椅子上，
> 雙臂交叉放在胸前，並重複起立坐下的動作，於一分鐘內記錄
> 完成的次數。

本文先總括提出：「肌肉力量和耐力的測量包括上肢肌耐力和下肢肌
耐力」，其下分就「上肢肌耐力」和「下肢肌耐力」來加以說明。作
者善用連詞——「首先」、「其次」，來標舉出並列分說的兩項，並
且，搭配句號，讓並列的兩項區隔得更為清楚。

4　本詩選自周金聲主編：《中國新詩詩藝品鑑》（武漢：湖北教育出版社，1999年），
　　頁237。
5　此為正反法中之「由反而正」結構。
6　此為「國立成功大學文學院一一一年度高教深耕計畫——成大中文系『中文寫作教
　　室』建構計畫（一）」之研究成果。

　　此種「先總後分」的布局[7]，常見於各種說明、議論文字。究其原因，當為說明、議論時，常運用演繹思維，而此演繹思維顯化為語言，便很自然地呈現出此種「先總後分」的布局。

（四）敘事攝影──〈盼〉

　　此份作品為111-1國立成功大學中國文學系「章法學」之課堂作業。本作業為「敘事攝影」。關於敘事攝影，本課程出了兩次作業。第一次作業，採取新光三越國際攝影大賽之規則：五張照片敘述一則影像故事。[8]第二次為加分作業，則加上一個新規定：其中一張照片必須為虛構。其下為張聞珊的作品，為加分作業：

一

二

7　此為總分法中之「由總而分」結構。總分法又稱為凡目法。

8　「二〇二三『新光三越國際攝影大賽』得獎作品展」，見官網：https://culture.skm.com.tw/ActEvent/CWeb/?ActUUID=807a24b9-5380-41f0-96e2-b98636e0267e。「藉由攝影者自訂主題，以五張系列作品創作，讓攝影者在創作時重新『解構』攝影視覺藝術的角度，思考作品的起承轉合，分解觀景窗中物件元素所構成的獨有視覺畫面，傳達具個人且完整的創作概念及視覺藝術風格」。瀏覽日期：2022年12月11日。

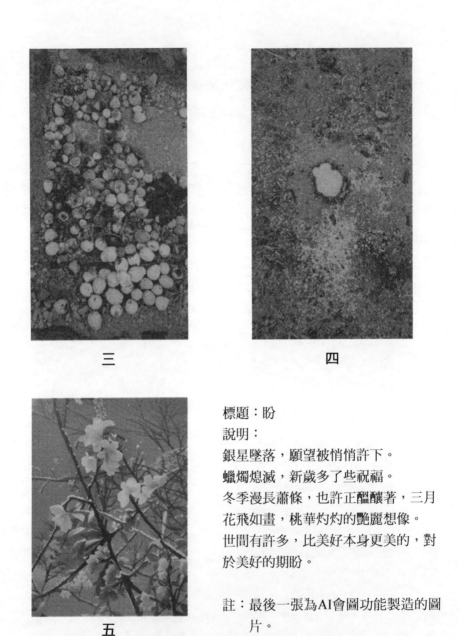

標題：盼
說明：
銀星墜落，願望被悄悄許下。
蠟燭熄滅，新歲多了些祝福。
冬季漫長蕭條，也許正醞釀著，三月
花飛如畫，桃華灼灼的艷麗想像。
世間有許多，比美好本身更美的，對
於美好的期盼。

註：最後一張為AI會圖功能製造的圖
　　片。

圖一　國立成功大學中國文學系張聞珊同學的課堂作業〈盼〉

　　本作業有一規定：「其中一張照片必須為虛構」，此規定讓這次的作品必然形成了虛實呼應。

　　而這幅「盼」，根據作者的說明，虛構照片乃置於最後，而且是延伸向未來。因此，此幅作品形成了「先實後虛」的結構。「實」的部分應是順敘，從生長至開花至結實至砍截。而最後之「虛」從「實」延伸。特別值得注意的是，此「虛」有兩重特質：一是虛構之虛，一是未來之虛[9]，而且，虛構之虛似乎更加強了未來之虛，所以作者在說明處言道：「世間有許多，比美好本身更美的，對於美好的期盼。」言下之意，此二者之互動交融，讓歡欣期待之情更是躍躍然、勃勃然，生機盈滿。

　　然而，有趣的是，筆者在批改此份作業時，未詳看說明，就給出了如下的評語：「最後一張桃李爭豔，偏偏是虛構，此種形式的選擇，讓人感受到微微的幻滅。」在筆者眼中看來，虛構之照片，乃延伸自樹木之砍截，如此點出了難以實現乃至實現落空之隱憂，而此潛伏之憂慮，讓「實」之殘破不僅無可回復，更是徒增感傷。

　　這幅作品得到的評語不只如此。有一次與本所研究生張歧岩討論此幅作品，張生又另有解讀：「最後一張彷彿是人生終了前的一瞬回顧。」言下頗有「花憶前身」之憮然。而且，在此種解讀中，此虛構之「虛」又開展出另一種可能，屬於過去？屬於靈界？思之可嘆。

　　本作品之「虛」，解讀有各種可能，如此豐富。而且，如此一來，不免觸及另一個話題：作品的解讀權。讀者可以理直氣壯嗎？！

9　今與昔為「實」，未來為「虛」。

三　運用多種邏輯者（一）

　　邏輯之混用的情況多元，因此本論文分成兩節來論述：「運用兩種邏輯者」，以及「運用三種（含）以上邏輯者」。

　　本節所處理的是：運用兩種邏輯者。

（一）古典語錄體──孔子志學

　　下文出自《論語・為政》：

> 子曰：「吾十有五而志於學，三十而立，四十而不惑，五十而知天命，六十而耳順，七十而從心所欲，不踰矩。」

孔子歷述：年歲增長，人生的追求／境界也隨之提升。因此，本文呈現出很明顯的時間先後邏輯：十有五、三十、四十、五十、六十、七十。而且，與之同時地，也呈現出境界的淺深邏輯：志學、而立、不惑、知天命、耳順、從心所欲。此二種邏輯的相疊相合，順暢地呈現出聖人在晚年回望人生時，內心的體悟與自覺。

　　因此，在本文中，時間先後邏輯與境界淺深邏輯是無法分割的。時間以順序推進，是最基本、最自然的敘事法，本身即有簡單明瞭的特性。搭配上人生的境界由淺而深，很有一種踏實開展的感覺。再顧及到本文為夫子晚年自道，幾乎可說是一種後設的視角[10]，則還有一種漫衍悠長之感油然而生。此兩種邏輯之協和運用，混融而無痕。

---

10 或可說「追憶」之視角。然而，「追憶」也可以化為結構，最常見者為「今昔今」（追敘）。但是本文採取順敘手法，形成「由昔而今」結構。相較於敘說者隨著時間開展而同時經歷的順敘，顯然有所不同。此種不同是否需要指出？對於邏輯組織的影響為何？或許可以再加以探討。

（二）古典散文——岳飛〈良馬對〉（節選）

其下為原文：

> 臣有二馬，日啗芻豆數斗，飲泉一斛，然非精潔即不受。介而馳，初不甚疾，比行百里，始奮迅，自午至酉，猶可二百里，褫鞍甲而不息不汗，若無事然。此其受大而不苟取，力裕而不求逞，致遠之材也。不幸相繼以死。今所乘者，日不過數升，而秣不擇粟，飲不擇泉，攬轡未安，踴躍疾驅，甫百里，力竭汗喘，殆欲斃然。此其寡取易盈，好逞易窮，駑鈍之材也。

此節文字，可大分為兩個部分：「臣有二馬」、「今所乘者」。從敘述中可知：「臣有二馬」的時間點為「昔」，「今所乘者」的時間點為「今」，但是，若是將此文理解為「由昔而今」的順敘，又是不足的。因為，文中還明顯地呈現出昔、今之馬的優、劣對比，而且，此優劣對比甚為重要，剔顯出此種對比，題旨才得以顯豁。

因此，本文可視為「先昔後今」與「先正後反」兩種邏輯的融合。並且，本文所發出的感喟，應可匯歸到「昔盛今衰」的文化長流。人們是如何劃分時間之進程呢？難道不是有感於人事之滄桑與代謝嗎？[11]加上尊古、崇古，進而借古諷今，因此匯聚出如此的感嘆。

---

11 關於此點，謹援引作者：蘇·史都華-史密斯（Sue Stuart-Smith）；朱崇旻譯：《你的心，就讓植物來療癒：劍橋出身的心理師帶你以自然與園藝，穩定內在、修復創傷》（*The Well Gardened Mind: The Restorative Power of Nature*）之說法。書中言道：「我們常常談到時間感，但人類並沒有專門感覺時間的中樞，更沒有感受時間流逝的感覺器官。神經科學家大衛·伊葛門專門研究時間感，並將之稱為『大腦的分散資產』。他認為時間感是一種『超感覺，存在於其他所有感官之上』。換句話說，我們是透過情緒、感官與記憶複雜的交織，感覺到時間的流逝。這就表示，時間感和我們的自我認知密切相關——有些人甚至把時間感視為自我的產物。我們的感受確實能大幅改變時間流逝的感覺。」（臺北：究竟出版社，2021年4月），頁294。

　　而且，此種對往昔之憶念、對現今之省察，不呈現為「今昔今」之追敘結構，而是將今與昔作成盛衰之對比，其中就體現了作者的意念。昔今對比之剛強碰撞，與追敘之曲折悠遠，其美感特質是不同的。此〈良馬對〉之所以為〈良馬對〉呀。

（三）古典詩詞——范仲淹〈蘇幕遮〉

　　其下為范仲淹〈蘇幕遮〉：

> 碧雲天，黃葉地。秋色連波，波上寒煙翠。山映斜陽天接水。芳草無情，更在斜陽外。　　黯鄉魂，追旅思。夜夜除非，好夢留人睡。明月樓高休獨倚。酒入愁腸，化作相思淚。

　　學生時代聽陳滿銘教授講授這闋詞。根據記憶與筆記，陳教授認為：此詞上片首兩句，描寫的是主體（作者）頭頂著碧雲天，腳踏著黃葉地。而其後詩句的發展，乃是根據主體的視線，順此向遠處投射，由水而山而斜陽，越來越遠，最後遠到了視線所不及的斜陽之外——無情無緒的芳草綿延遠去。在這段遙遙注目的描寫中，運用了多次的正體／變體的頂真[12]與回文[13]，使得景與景、意象與意象間，相互勾連、

12　黃慶萱《修辭學》（增訂三版）：「用上一句結尾的辭彙，作下一句的起頭，使鄰接的句子頭尾藉同一辭彙的蟬聯而有上遞下接趣味的修辭法，稱為『頂真』。」（臺北：三民書局，2002年10月），頁689。而陳滿銘教授認為字面不相同，但是所指相同者，為「變體頂真」。就此詞而言，「正體頂真」如下：「秋色連波，波上寒煙翠」，「波」字為頂真。而「變體頂真」如下：其一為「黃葉地。秋色連波」中，「黃葉地」就是「秋色」，兩者所指相同。其二為「波上寒煙翠。山映斜陽天接水」中，「翠」就是「山」，兩者所指相同。

13　黃慶萱《修辭學》（增訂三版）：「上下兩句或句組，詞彙部分相同，而詞序大致相反的辭格，叫作『回文』，也稱『迴文』或『迴還』。」（頁629）而陳滿銘教授認為字面不相同，但是所指相同者，為「變體回文」。就此詞而言，「變體回文」如下：「波

呼應不絕。

　　而下片的空間由室外轉向室內，時間也從傍晚到了深夜。對主體本身的描寫更多。「黯鄉魂，追旅思」與「夜夜除非，好夢留人睡」，分寫主體之情思與情狀，兩部分因「除非」一詞，形成了先縱後收的呼應。接著，其後之「明月樓高休獨倚」，既寫主體之行止，又讓人頓然領悟：原來是「夜無好夢，不留人睡」。等於是中間有「然而」一轉折，並未在字面上呈現，而需於前後往復中領悟。不只如此，「明月樓高休獨倚」之自我告誡，又與「酒入愁腸，化作相思淚」對應，則知「『休獨倚』」實為「『又』獨倚」。因此，從主體的自我覺察、自我告誡中，可見其之傷疼慌亂、戒慎恐懼，然而，即便如此，卻又一再重演、一再破戒。「明月樓高休獨倚」勾前鎖後，整個下片明呼暗應、綿密異常。

　　就空間定位[14]來說，上片主體潛、客體顯，呈現出視線所及之客體，下片則主要敘述主體之活動，唯一出現的客體——「明月樓高」也只是作為背景，凸顯出「休獨倚」之主體活動。而主體由室外（上片）轉至室內（下片），時間也在此過程中流轉著，從黃昏到深夜，空間與時間融合無間，渾然一體。而作者的描寫（主要是上片）與敘事（主要是下片），皆呈現出環環相扣的綿密感，此種深層的呼應，讓這闋詞的情韻鬱結且綿長。

　　上寒煙翠。山映斜陽天接水」中，「翠」就是「山」，形成頂真；「波」就是「水」，形成頭尾呼應，整個為「變體回文」。

14 空間定位有二：一是定在主體、一是定在客體。結合主體感知客體之憑藉——感官知覺，空間定位就是「感覺載體」和「標的物」的關係。詳言之，視覺為「人之所在」、「視線所及」，聽覺為「人之所在」、「發聲體」，嗅覺為「人之所在」、「產味體」，觸覺為「人之所在」、「被觸體」，味覺為「人之所在」、「咀嚼物」。

（四）梗圖——「醫學生」

梗圖是當代常見的表出形式，廣義來說，應可視為一種文體。其下之梗圖融合了兩種邏輯[15]：

圖二　醫學生梗圖

此幅梗圖採上下拼接的方式。圖片部分，同樣是年輕男性，但是一面帶微笑、一面容疲倦。文字部分，最為顯眼的是兩行大字：「大學選科前」、「醫學系大三」，顯出了「昔」、「今」之對照。此外，還有一些小字，說明了兩者截然不同的心境。

15　此梗圖乃醫學系蔡汝蓉同學提供。

　　結合以上因素，可得知此梗圖應是融合了「先昔後今」與「先正後反」兩種邏輯，而且又用形式因素——上下拼接，來讓「昔」與「今」、「正」與「反」的對比，隱隱然有「高／低」之別，真是「昔盛今衰」新的一章！博人一笑。

（五）菜單——「石火山碳燒蓋飯」之菜單

　　其下為臺南東區餐廳「石火山碳燒蓋飯」之菜單。

圖三　餐廳「石火山碳燒蓋飯」之菜單

在「單主菜」的部分，為何如此排列？最顯眼的邏輯當是價格之由低而高。不過，細瞧之後，會發現第六項「碳烤鯖魚」違反了此邏輯。推究一下，當是考量到「食材」，從紅肉到鯖魚到菜，而不是單因價格，就將鯖魚插放於豬梅花跟豬排之間。

因此，就此菜單來說，價格是主邏輯，食材是副邏輯。主／副邏輯之選擇與搭配，所反應的，當是業主對顧客心思之推敲。

（六）敍事攝影──〈無處可曬〉

此份作品為一一一之一學年度國立成功大學中國文學系「章法學」之課堂作業：「敍事攝影」。本次作業，也採取新光三越國際攝影大賽之規則：五張照片敍述一則影像故事。

本幅作品的照片組織邏輯，乍看之下，是顯而易見、本就如此的順敍邏輯。實則，暗潮洶湧。

第一張照片先點題，搭配文字說明：「在一個合適的日子，我洗了衣服。」然而，第二張照片急轉直下，「拿到曬衣間，發現狹小的空間已掛滿衣服。」第三張持續低盪，「到頂樓的露天曬衣場，赫然發現它已被封閉。」（然而，實情不只如此。成大學生才知道的，曬衣場為何封閉。）第四張轉折，「悵然回到寢室，在雜亂的抽屜中找到了一綑未拆封的曬衣繩。」（其實，筆者讀到此時，心中浮現了一個念頭：「死亡的 N 種方法」。並未轉折，抑而又抑。）第五張承此轉折而直上，「心血來潮，在空間所剩無幾的寢室搭起了我的小小曬衣場。」（哇。靈心慧眼，創造了一個小小的、可容納的空間。）

在課堂上，筆者對此作品的評語如下：「用順敍的方式講生活小事。衣服似乎暗示著私密的心情。無處可以攤開，無風可透，無光可照。帶了點無奈調侃的意味。不過，題目說得太白，建議改為『曬衣記』。」小組討論，有同學寫下：「沒有路，就自己創造一條。」顯然，

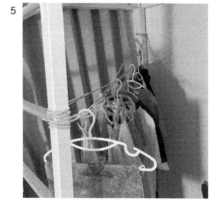

在一個合適的日子，我洗了衣服。

拿到曬衣間，發現狹小的空間已掛滿衣服。

到頂樓的露天曬衣場，赫然發現它已被封閉。

悵然回到寢室，在雜亂的抽屜中找到了一綑未封的曬衣繩。

心血來潮，在空間所剩無幾的寢室搭起了我的小曬衣場。

拍攝時間：二〇二二年十一月十六日

拍攝地點：勝利三舍 1.二樓廁所 2.二樓曬衣間 3.頂樓入口處 4/5.寢室 0210

圖四　國立成功大學中國文學系柯宥涵同學課堂作業〈無處可曬〉

師生同感到，在順敘底下所翻湧的情感。

　　無風不起浪，浪起浪又回。作者依照時間的順序，組織起情感的翻騰張弛，一顯一潛。看起來順暢平易，情緒則不張揚不顯露，默默地，已經起落且展開了。

四　運用多種邏輯者（二）

　　運用多種邏輯者，有三種（含）以上的情形。

（一）現代散文──朱自清〈荷塘月色〉（節選）

　　其下為原文，為方便理解起見，在【】中，用阿拉伯數字標誌出不同的結構段：

> 曲曲折折的荷塘上面，彌望到的是田田的葉子，葉子出水很高，像亭亭的舞女的裙。【1】層層的葉子中間，零星地點綴著白花，有嬝娜地開著的，有羞澀地打著朵兒的，正如一粒粒的明珠，又如碧天裡的星星，又如剛出浴的美人。【2】微風過處，送來縷縷清香，彷彿遠處高樓上渺茫的歌聲似的。【3】這時候葉子與花也有一絲的顫動，像閃電般，霎時傳過荷塘那邊去了。【4】葉子本是肩並肩密密地挨著，這便宛然有了一道凝碧的波浪。葉子底下是脈脈的流水，遮住了，不能見一些顏色，而葉子卻更見風致了。【5】

就素材來說，這段寫景文字，運用了視覺與嗅覺，寫了荷葉、荷花、荷香，以及荷塘之風痕，有靜景也有動景，而視線縱遠拉近又再縱遠，時間，也在此默默地流動著。

　　元素如此豐富，但是讀來宛如一體。作者是如何去容受且呈現這些呢？先鎖定全段一大轉變——「微風過處」一語，來進行考察，或許可以尋出些端倪。

　　「微風過處」，不僅帶出了「先」、「後」之時間，還帶出了「靜」、「動」兩種狀態。結合結構段，可表述如下：「先／靜」（【1-2】），延伸至「後／動」（【3-5】）。

　　然而，意猶未足。

　　因為，「微風過處」，而「送來縷縷清香」，也指明了感覺的轉換。荷香之飄散可聞，乃因鼻嗅，感覺非常鮮明重要。循此蹤跡，結合前後文，可追索出：先就「視覺」，寫遠處的荷葉【1】，以及稍近些的荷花【2】；而後承風起轉為「嗅覺」，寫隨風吹散之荷香【3】；然後再轉為「視覺」，寫微風拂過之荷塘動態，此處一開始承接前面，就近處寫【4】，然後又拉開一些，就遠處寫【5】。因此，感覺與空間的流轉，可以表述如下：先「視覺」（遠【1】→近【2】），轉為「嗅覺」（【3】），再轉為「視覺」（近【4】→遠【5】）。

　　然而，意猶未足。

　　從全文的布局來看[16]，上段文字的最後一句是：「我且受用這無邊的荷香月色好了」，而本段之下一段正是描寫「月色」，那麼，本段的重點當是「荷香」。所以，本段的種種荷葉、荷花、荷香、荷塘風痕之描寫中，「荷香」才是焦點，其他都是背景，此為「圖」、「底」之映襯烘托，所以，本段文字形成了「底圖底」的結構。亦即：以荷葉、荷花為「底」（【1-2】），烘托出焦點——荷香，此為「圖」（【3】），隨後順此微風，寫荷塘風痕，此為「底」（【4-5】）。

　　因此，結合「感覺（含空間）」與「底圖」，可以表述如下：由

---

16 朱自清〈荷塘月色〉全文請見附錄。

「視／底」（遠【1】→近【2】），而「嗅／圖」（【3】），再轉為「視／底」（近【4】→遠【5】）。如果要將目前此所處理的時空、動靜、感覺、底圖等邏輯，都涵容在一起，則可以表述如下：由「先／靜／視／底」（遠【1】→近【2】），而「後／動／嗅／圖」（【3】），再轉為「後／動／視／底」（近【4】→遠【5】）。

上述表述，儘管詳密，但是不免有繁雜之感。因此，筆者提出「核心邏輯」之概念。所謂「核心邏輯」，就是在文本多樣共融的諸種邏輯中，有一種貫串統領的最重要邏輯，其他邏輯皆可涵融於此邏輯，共同豐富整個文本。或可說，此為作者組織起各種元素、素材時，最為重要的、默默運行的意脈。

在本文中，到底何種邏輯才是「核心邏輯」呢？筆者認為是「底圖」邏輯。之所以如此判斷，有兩個原因：一是觀察全文之布局，而得知本段之重點為荷香；二是以「底圖底」結構可統領起其他邏輯，讓時空、動靜、感覺等元素顯得豐富且和諧。

茲以核心邏輯領起、結合其他邏輯，繪出結構表：

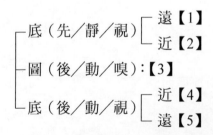

因此，就章法觀點來賞玩本段文字，也許就有一種簡明而又豐富的方法：領會到本段文字之底圖轉換，順此領會底與圖之中各自的元素，然後更能感受到這些元素的烘托映襯，讓此荷塘豐富而有韻。

（二）網路流行語——沒比較沒傷害

　　網路流行語更迭極快。頃刻之間遍佈全網，頃刻之間又銷聲匿跡。「沒比較沒傷害」算是比較「長壽」的網路流行語。其下用「（）沒比較（）沒傷害」緊縮句／複句格式[17]，舉出「沒比較沒傷害」幾種可能的解讀法：

　　1. 既沒比較，又沒傷害。→此為並列複句。
　　2. 首先沒比較，接著沒傷害。→此為連貫複句。
　　3. 不僅沒比較，還要沒傷害。→此為遞進複句。
　　4. 因為沒比較，所以沒傷害。→此為因果複句。
　　5. 如果沒比較，就沒傷害。→此為假設複句。
　　6. 只有沒比較，才沒傷害。→此為條件複句。
　　7. 只要沒比較，就沒傷害。→此為條件複句。
　　8. 沒比較，或是沒傷害。→此為選擇複句。
　　9. 與其沒比較，不如沒傷害。→此為選擇複句。

以上諸例中，或者加上副詞，或者加上連詞，就讓「沒比較」、「沒傷害」這兩個概念，形成了不同的邏輯，表達出不同的意思。至於是否可能有其他的邏輯呢？筆者相信是可能的。

　　而且，「沒比較」、「沒傷害」皆省略主語，如果加上「主語」呢？是否可能有不同的「主語」？不同的搭配？說不定也會影響此複句的邏輯。

　　就邏輯的觀點來看，「沒比較沒傷害」可涵藏乃至孕育多種邏

---

17 在此例中，緊縮句之緊縮，主要乃因省略／模糊複句之邏輯。為討論方便起見，將加上副詞／連詞之句，皆視為複句。而在章法學領域，「句」以上皆為考察範圍。

輯，此種模糊性，也是生成性。對於一個網路流行語來說，此種「模糊／生成」的特性，可能是非常重要的資產，可以讓眾人在各種情境下，形成個人化的解讀。因此，也就讓此流行語具有效果與生命力。

（三）網購──Pinkoi 網站

網購是現代人重要的消費方式。而物項繁多，為了讓消費者能快速「瞄準」，所以往往會有一些可以設定的選項，而有何選項？選項之間的關聯如何？這些都顯示了觀點與邏輯。

舉例而言，進入 Pinkoi 網站，首先要選擇「商品大類」（見圖五之1），接著會進入該種類的頁面，這時有「商品小類」（見圖五之2）、「金額」（見圖五之3）、「運送相關」（設計館所在地、寄往、免運、客製服務，見圖五之4）、「顏色」（見圖五之5）等選項。在這過程中，商品大類是首先必然要選擇的，選擇之後、進入下個頁面，其他選擇是在頁面左側垂直並列呈現[18]，可選可不選。而且，第二層中，各選項大體上有著清楚的層級排列依據，譬如「商品小類」、「顏色」應是依據受歡迎程度，「金額」是依據由高而低，「設計館所在地」、「寄往」是依據由近到遠，而「免運」、「客製服務」兩類，則是有無擇一。

---

18 是否為「完全」並列，也是可以玩味的。因為由上而下排列，是否暗示著重要性由高而低？

圖五　線上拍賣網站「Pinkoi」的各種搜索欄[19]

---

19 以上截圖來自「pinkoi」官網截圖，網址：https://www.pinkoi.com/browse?catp=group_5&price=500%2C1000&material=9&color=pink。瀏覽日期：2023年3月3日。

從邏輯上看，這種設計顯示出的是邏輯的層次、包孕[20]與彈性。商品大類為最上層，其他則為第二層、第三層，且第三層各有依據，此為邏輯之層次與包孕。商品大類必然要選，其他則不必然，此為邏輯之彈性[21]。「演算法」是一種敘事[22]，依此而推論，邏輯之層級、依據、彈性、搭配等等選擇，也是一種敘事的表現。

五　綜合討論

根據前述的探究，茲提出以下觀點

(一) 運用「單一／多樣邏輯」之可能與變動

就二至四節的文本探討來看，個別文本是可能運用單一或多樣之邏輯的。運用單一邏輯者，形成的是單純明確之邏輯表現，整體風格也往往趨於明朗明快。運用多樣邏輯者，整體來說，層次變多，但是這些層次是如何互動的？則情況頗為多元。

而且，不管是單一或多樣邏輯，其中還有很大的變動之可能性。因為，如果提出了新的解讀邏輯，單一就會變成多樣。反過來，如果並未領會到某種解讀邏輯，則多樣也可能變成單一。

還有，要提出一個「如何認定」的問題。譬如敘事攝影〈盼〉，本論文將之置於單一邏輯中，認為其形成了「先實後虛」結構。但

20　「包孕」之術語得自於陳滿銘：〈章法包孕式結構類型論——以凡目、圖底、因果等同一章法為例作考察〉，《興大中文學報》第三十期，2011年。然而，本論文將此術語擴大運用，不限於同一章法。

21　補充說明：因著商品的不同，選項還可能不同，譬如有些商品還可以選擇「材質」。此亦為彈性之表現。

22　此觀點得自於國立臺北藝術大學林俊吉教授，於110-1學年度國立成功大學中國文學系「章法學」課堂上的演講。

是，此「虛」有著多種解讀方式。如果要根據不同之「虛」來認定，則本幅作品也可視為運用了多樣邏輯。

（二）運用「單一邏輯者」

真實生活中的種種因素、邏輯，繁多到幾乎無法盡數、無法掌握[23]。然而，人們時時需要「理出頭緒」、「掌握重點」，以作為思考、行為之依據。因此，幾種乃至單一邏輯之浮現，是人生之必須與必然。而若是呈現為單一邏輯，則是最容易「掌握重點」的，且此邏輯若挑選得當，快速果決之利十分顯然，因此，此種方式雖然可能失之過簡，但是卻屢見不鮮，網路中的「流量」、「聲量」，所依據者唯有「量」（通常會被指出未顧及「質」），就是明顯的例子。

運用單一邏輯的文本，所顯示出的是：人們在複雜的種種中，所理出的最為重要的思路。在本論文所討論的文本中，所依據的邏輯分為「時間（順敘）」、「正反」、「總分」、「虛實」，都是常見、重要的邏輯，此種單純明確之邏輯表現，讓文本明朗明快。

（三）運用「兩種邏輯者」

在運用兩種邏輯的文本中，最值得注意者的是：這兩種邏輯如何互動。在本論文中，兩種邏輯的互動方式有以下三種：

其一為「融合無間」。譬如孔子〈志學〉、岳飛〈良馬對〉（節

---

23 周韻采〈網路世界的魔鬼終結者〉：「DeepMind總裁Demis Hassabis認為之前人工智慧進展緩慢甚至失敗，肇因於兩種思維：其一以演算法書寫邏輯，模擬人類思考模式，但人腦運作極其複雜，無法僅以數千條運算邏輯窮盡。其二以數位方式複製人腦神經網絡，然人類智慧並非由腦下皮質或介質合成，複製神經網絡並無法產出人類思考。」其中「人腦運作極其複雜，無法僅以數千條運算邏輯窮盡」，或可作為證明。原載《聯合報》「科技・人文聯合講座」。網址：https://udn.com/news/story/7339/6981978，發布日期：2023年2月20日，瀏覽日期：2023年3月2日。

選）、范仲淹〈蘇幕遮〉、「醫學生」梗圖，皆是如此。

其二為「區分主副」。譬如餐廳「石火山碳燒蓋飯」之菜單，價格是主邏輯，食材是副邏輯。

其三為「一顯一潛」。譬如敘事攝影「無處可曬」，顯邏輯是時間順序，隱邏輯是情感的翻騰張弛。

不過，在第三種中，還有可說者。在分析敘事攝影「無處可曬」時，用了括號，說明第三層解讀。然而，若非成大師生，大概不容易達成或領會第三層解讀。這也牽涉到閱聽者先備的訊息量與訊息種類，本就是不同的。因此，本論文雖然在說明時，用括號納入了第三層解讀，但是，卻把此作品歸入於運用「兩種邏輯者」。

（四）運用「三（含）種以上邏輯者」

本論文在運用「三（含）種以上邏輯者」中，只分析了三個文本。而這三個文本，其多樣之邏輯呈現何種風貌？如何互動？各有其妙。

在例一：朱自清〈荷塘月色〉（節選）中，有時空、動靜、感覺、底圖等諸種邏輯，筆者是以「核心邏輯」統領起其他邏輯的方式來處理。所謂「核心邏輯」，就是在文本多樣共融的諸種邏輯中，有一種貫串統領的最重要邏輯，其他邏輯皆可涵融於此邏輯，共同豐富整個文本。因此呈現出來的效果是豐富而不複雜，而且有層層玩賞又融合無間之趣。可以說是體現了美學原理：「繁多的統一」。

而例二：「沒比較沒傷害」之邏輯的多元解讀，則同時具有「模糊／生成」的特性。令人玩味的是，表出者是如何看待此「模糊／生成」的特性？而接收者又是如何體會此「模糊／生成」的特性？還是說，表出者／接收者在不說盡的默契中，達成了一種大致的共識？這也指出了一種可能：邏輯並非區分得越清楚、越細緻，才是越好。「留白」之美，同樣也體現在邏輯中。

　　至於例三，網購——Pinkoi 網站，網站提供了許多選購時的選項，而選項的設計顯示出：邏輯的層次、包孕與彈性。「演算法」是一種敘事，依此而推論，則邏輯之層級數量？依據為何？展現多少彈性？彼此間如何搭配等，也是一種敘事的表現。

六　結語

　　筆者受教於陳滿銘教授，潛泳於章法學三十年，深感有一些問題應釐清而未釐清。因此在本論文中，嘗試提出一點心得，以就教於有興趣的師友。

　　此外，還須回應一個問題：不從邏輯角度來欣賞文本，不也是可以、甚至更好嗎？筆者謹以欣賞畫作、攝影、海報等平面藝術的經驗，試著同理推論。就平面藝術來說，「構圖」是很重要的一個環節。因此，欣賞時，就構圖這一角度來進行，就是很重要、很常見的一個方式。當然，鑑賞者可以說：「我不從構圖面來欣賞啊，我欣賞光影、色彩、線條、氛圍、意念……，乃至於與創作者、背景融合一起來欣賞，甚至置入藝術藝術史、美學史的長流中，讚嘆其新創之巧心，與反應之時代意義。但是，我沒有措意於構圖。」不特別措意於構圖，當然是可以的，但是，沒有感受到構圖，則幾乎是不可能的。

　　筆者認為：構圖就是組織起光影、色彩、線條等的邏輯，整幅作品因此可以醞釀出氛圍、表現出意念。如果，平面藝術離不開構圖，其他的文本，不也離不開組織的邏輯嗎？那麼，欣賞時，在這部份多點感受，不是很好嗎？

參考文獻

陳滿銘：《篇章結構學》，臺北：萬卷樓圖書公司，2005年5月。

仇小屏：《篇章結構類型論》，臺北：萬卷樓圖書公司，2000年。

周金聲主編：《中國新詩詩藝品鑑》，武漢：湖北教育出版社，1999年。

「2023『新光三越國際攝影大賽』得獎作品展」，見官網：https://culture.
skm.com.tw/ActEvent/CWeb/?ActUUID=807a24b9-5380-41f0-96
e2-b98636e0267e，瀏覽日期：2022年12月11日。

蘇・史都華-史密斯（Sue Stuart-Smith）；朱崇旻譯：《你的心，就讓植
物來療癒：劍橋出身的心理師帶你以自然與園藝，穩定內在、
修復創傷》（*The Well Gardened Mind: The Restorative Power
of Nature*），臺北：究竟出版社，2021年4月。

黃慶萱：《修辭學》（增訂三版），臺北：三民書局，2002年10月。

「pinkoi」官網，網址：https://www.pinkoi.com/browse?catp=group_5&
price=500%2C1000&material=9&color=pink。瀏覽日期：2023
年3月3日。

陳滿銘：〈章法包孕式結構類型論──以凡目、圖底、因果等同一章
法為例作考察〉，《興大中文學報》第三十期，2011年。

周韻采：〈網路世界的魔鬼終結者〉，《聯合報》「科技・人文聯合講
座」。網址：https://udn.com/news/story/7339/6981978，發布
日期：2023年2月20日，瀏覽日期：2023年3月2日。

附錄　〈荷塘月色〉全文

　　這幾天心裡不寧靜。今晚在院子裡乘涼，忽然想起日日走過的荷塘，在這滿月的光裡，總該另有一番樣子吧。月亮漸漸地升高了，牆外馬路上孩子們的歡笑，已經聽不見了；妻在房裡拍著閏兒，迷迷糊糊地哼著眠歌。我悄悄地披了大衫，帶上門出去。

　　沿著荷塘，是一條曲折的小煤屑路。這是一條幽僻的路，白天也少人走，夜晚更加寂寞。荷塘四面，長著許多樹，蓊蓊鬱鬱的。路的一旁，是些楊柳，和一些不知道名字的樹。沒有月光的晚上，這路上陰森森的，有些怕人，今晚卻很好，雖然月光也還是淡淡的。

　　路上只我一個人，背著手踱著，這一片天地好像是我的；我也像超出了平常的自己，到了另一世界裡。我愛熱鬧，也愛冷靜；愛群居，也愛獨處。像今晚上，一個人在這蒼茫的月下，什麼都可以想，什麼都可以不想，便覺得是個自由的人，白天裡一定要做的事，一定要說的話，現在都可不理，這是獨處的妙處；我且受用這無邊的荷香月色好了。

　　曲曲折折的荷塘上面，彌望到的是田田的葉子，葉子出水很高，像亭亭的舞女的裙。層層的葉子中間，零星地點綴著白花，有嬝娜地開著的，有羞澀地打著朵兒的，正如一粒粒的明珠，又如碧天裡的星星，又如剛出浴的美人。微風過處，送來縷縷清香，彷彿遠處高樓上渺茫的歌聲似的。這時候葉子與花也有一絲的顫動，像閃電般，霎時傳過荷塘那邊去了。葉子本是肩並肩密密地挨著，這便宛然有了一道凝碧的波浪。葉子底下是脈脈的流水，遮住了，不能見一些顏色，而葉子卻更見風致了。

　　月光如流水一般，靜靜地瀉在這一片葉子和花上，薄薄的青霧浮

起在荷塘裡，葉子和花彷彿在牛乳中洗過一樣；又像籠著輕紗的夢。雖然是滿月，天上卻有一層淡淡的雲，所以不能朗照；但我以為這恰是到了好處——甜眠固不可少，小睡也別有風味的。月光是隔了樹照過來的，高處叢生的灌木，落下參差的班駁的黑影，峭楞楞如鬼一般；彎彎的楊柳稀疏的倩影，卻又像是畫在荷葉上。塘中的月色並不均勻，但光與影有著和諧的旋律，如梵婀玲上奏著的名曲。

荷塘的四面，遠遠近近，高高低低都是樹，而楊柳最多，這些樹將一片荷塘重重圍住，只在小路一旁，漏著幾段空隙，像是特為月光留下的。樹色一例是陰陰的，乍看像一團煙霧；但楊柳的豐姿，便在煙霧裡也辨得出。樹梢上隱隱約約的是一帶遠山，只有些大意罷了。樹縫裡也漏著一兩點路燈光，沒精打采的似乎是渴睡人的眼，這時候最熱鬧，要算樹上的蟬聲與水裡的蛙聲；但熱鬧是牠們的，我甚麼都沒有。

辭章學視角下的《竇娥冤》教學*

龐壯城

福建師範大學文學院助理教授

孫　妍

福建師範大學文學院學科教學碩士生

摘要

　　大陸高中部編版語文教材選錄元雜劇的文本，然而元雜劇舞臺表演流傳不廣，學生對其文本相對陌生，故教師在進行相關教學時，必須消弭學生對元雜劇的陌生感。由於學生缺乏實際觀劇經驗與背景知識，教師除分析《竇娥冤》故事情節和人物形象之外，也可由辭章學的角度、元雜劇的音樂、語言與文學創作等方面切入，梳理現存《竇娥冤》劇種，如昆曲、京劇、現代歌劇等之間的差異與特點，剖析雜劇營造竇娥形象、發揚道德教化的表現手法。本文以《竇娥冤》第三折為教學案例，透過認識文本、鑑識規律，達到學生與文本的雙向互動，闡揚竇娥的感天動地之烈婦形象在雜劇形式下的光彩。

關鍵字：《竇娥冤》、辭章學、語文教學

---

* 本文為福建師範大學二〇二一年本科教改研究專案：「中華傳統文化視域下的《古代漢語》課程研究與教學模式探索」（I202101085）的階段性成果。

一　前言

　　大陸高中部編版語文教材必修下冊選入了元明戲曲《竇娥冤》與《牡丹亭（選段）》，凸顯雜劇教學之重要性。在充分利用教材資源的前提下，教師於課堂教學中，有必要進行「本色派」與「文采派」的對比，釐清元明清戲曲的發展脈絡。「竇娥」的人物形象早已深入人心，教師除了以文本為主，還需進一步補充、強化形象認識，並增加元雜劇的劇本創作規則和舞臺表演形式，以此幫助分析竇娥形象的建構與傳播影響。本文嘗試由辭章學的角度切入，建立教學模式，豐富劇種的文本教學，減輕學習壓力。

　　《竇娥冤》來源於民間故事，在元朝商業化迅速發展的背景下，借助元雜劇貼近群眾心理的形式特點，如曲文音樂通俗化、篇章結構簡潔精約、舞臺表演為核心，達到道德教化的目的。但元雜劇表演形式的消失，流傳不廣，為教學帶來了一定困難，所以在設計課前觀劇活動時，學習者可以結合課文，選擇與元雜劇《竇娥冤》相近的戲曲形式，作為課堂分析的影視資源；且為了消弭學習者與元雜劇之間的陌生感，也可以在學習者觀劇、體驗劇本後，略為說明雜劇的創作規則，如曲牌聯套體、曲詞賓白科儀組合、表達形式與常見角色構成等，甚至為提高辭章藝術與竇娥形象塑造的聯繫，可對比分析《牡丹亭》為代表的「文采派」創作特點，引導學習者分析其他的《竇娥冤》劇種在內容表達和形象塑造的異同。

二　元雜劇中的「本色派」與「文采派」

　　《竇娥冤》具有強烈的元雜劇本色，語言明白如話，卻有無窮的

言外之情，傳情達意不在聲調之中，而在字句之外。「本色派」作為雜劇的創始之音，在唱詞設計上多使用方言俚俗之語，而後腔調發生變化，變渾樸為婉媚，產生了辭藻穠麗的作品，形成「文詞」一體，也稱「文采派」，如王實甫的《西廂記》。兩相比較，文采派的文本有著妙筆生花的特徵，但是本色派在舞臺上則易於理解，貼近觀眾生活，具有雅俗共賞的包容性。王國維說「務使唱去人人都曉」，正是說本色派有著更高的群眾接受度。

以《竇娥冤》第三折為例，隨著竇娥的情感抒發達到高潮，曲文唱腔節奏加快，內容表達上更加口語化，如「我竇娥向哥哥行有句言」的「行」字在宋元口語中多用以自稱或稱呼他人，也被化用到曲文中；或如運用熟知的典故「萇弘化碧」、「杜鵑啼血」、「六月飛霜」等，沒有「不著一字」的潛臺詞，使得這一折自然連貫，文章一體，既有文學鑒賞魅力，又能發揮典故的權威、教化意義，呈現傳統社會家庭教育的啟蒙教育。

王守仁《傳習錄》云：「今要民俗反樸還淳，取今之戲子，將妖詞淫調俱去了，只取忠臣孝子故事，使愚俗百姓人人易曉，無意中感激他良知起來，卻於風化有益。」[1]竇娥指天罵地的動作是對當時官員貴族階級的指控與反動，違背了古代中國體制內自上而下的教化過程，也違背了維護社會秩序的目的；但竇娥的行為則可以引起群眾共情，促使他們思考生活現狀，打破「愚民」的屏障，揭開元代現實社會的混亂和黑暗，強化《竇娥冤》的批判色彩，達到有益風化的效果。

與本色派不同，文采派所迎合的更多是文人階級的欣賞逸趣，如《牡丹亭》第七齣〈閨塾〉的「春香鬧學」：

1　〔明〕王陽明著，張懷承注譯：《傳習錄》（長沙：嶽麓書社，2004年），頁312。

　　（末下）（貼作背後指末罵介）村老牛，癡老狗，一些趣也不
　　知。（旦作扯介）死丫頭，一日為師，終身為父，他打不的你？
　　俺且問你那花園在那裏？（貼做不說）（旦做笑問介）（貼指介）
　　兀那不是！（旦）可有什麼景致？（貼）景致麼，有亭臺六七
　　座，秋千一兩架。繞的流觴曲水，面著太湖山石。名花異草，
　　委實華麗。（旦）原來有這等一個所在，且回衙去。[2]

「且回衙去」暗示了杜麗娘心理千彎百繞的變化，是擔心這一去，免
不得父母和先生的責罵？還是悲春傷秋之意忽上心頭，使鮮花翠柳的
花園景色，平添無趣？才子佳人之愛情韻味，只有文人才有時間和能
力細品，也只有文人才有閒暇謳歌杜麗娘對封建禮教的反抗，分析常
人情感與社會現實的衝突和妥協。

三　元雜劇《竇娥冤》的曲文特點和舞樂效果

　　朱權在《太和正音譜》中以「瓊筵醉客」評價關漢卿，認為其用
詞「可上可下」。[3]由後世雜劇文詞駢綺之發展趨勢看，關漢卿的部分
作品加入了雜劇轉型前的民間粗俗風格，所用的曲牌和聯套多是中後
期不用的格式，當然落於下乘。無獨有偶，胡應麟也認為《竇娥冤》
的聲調給人以「醉後狂態」之感，如《竇娥冤》第三折〔滾繡球〕中
對於天地的斥責，連用四個「也」字，控訴天地的軟弱與不公，以對
仗句式表現激烈情緒，卻又在其中加入「的」和襯字，使表達趨於口
語化，最後留下單句「只落得兩淚漣漣」，無可奈何地低沉了呼喊。

2　〔明〕湯顯祖著：《牡丹亭》（北京：知識出版社，2015年），頁22。
3　〔明〕朱權：《太和正音譜》，中國戲曲研究院編：《中國古典戲曲論著集成》（北
　　京：中國戲劇出版社，1959年），第3集，頁17。

由於代言體的固有特質——作者為筆下角色立言立行，即使竇娥呈現「狂態」，也絕對不會成為一個無理取鬧的潑婦。

陳多則對「瓊筵醉客」提出了新見，認為關漢卿既是瓊筵酒會的座上賓，不僅為元雜劇的轉型做出貢獻，也保留了宋遼金時期瓦舍劇碼的平民本色，並進一步地絜根在草根鄉土之中。他是「庸下優人」中的「驅梨園領袖、總編修師首、撚雜劇班頭」。[4]《竇娥冤》通過蔡婆婆、賽盧醫、張驢兒父子這些底層人民的形象，反映黑暗的社會現實、殘酷的民族和階級壓迫：蔡婆婆雖是可憐之人，卻也有可恨之處，通過高利貸剝削其他民眾；賽盧醫則敢在光天化日之下謀財害命；張驢兒惡人告狀，令好人蒙冤。這不僅是劇本，也是臺下觀眾的日常生活，惟藉由關漢卿之筆而典型化，通過演員的表演而藝術化，召喚記憶，引起群眾的共情與反抗。

（一）曲文音樂通俗化

宋金以前的雜劇，或上演於瓦舍勾欄之內，或表演於宴飲饗會之中，前者服務於「下里巴人」，後者則為有相當文化修養的文人雅士欣賞，使得這類戲劇的語言風格能夠雅俗共賞；發展至元雜劇後，隨著城市數量的不斷增加、商業的迅速發展，受眾逐漸擴大，而底層平民（尤其是商人）對於藝術的鑑賞意識也不斷提高，影響了雜劇的撰寫與演出。平民化、商業化並不影響元雜劇嚴謹規範的形塑，創作者仍須先對全局了然於胸，方可動手下筆，使得調、字、聲三者一氣呵成，圓融貫通，而非互相遷就勉強。王驥德《曲律》強調曲禁四十條，提出用韻、用字，乃至語言風格等要求。不過《曲律》的標準是基於南曲散套而定，其間多寫女子情愛，強烈流露儒家禮教的溫柔敦

4　〔元〕鍾嗣成：《錄鬼簿（外四種）》（上海：上海古籍出版社，1978年），頁8。

厚，若以「婉曲」、「溫雅」等標準評價《竇娥冤》，略不客觀。《竇娥冤》立足舞臺，關切現實，直面群眾，便決定了其通俗化的曲文表達，尤其是第三折中隨著竇娥的高漲情緒，無可避免使用積極、激烈的唱腔曲文，也不符傳統儒家之敦厚儒雅。

（二）曲牌聯套的篇章藝術

元雜劇每本各有名目，如《竇娥冤》只是簡題，並非全名。簡題來源於每本所謂「題目」、「正名」，「題目」在前，「正名」在後，字數不拘，以六言、七言、八言為多數，但要求一律到底。《竇娥冤》《古名家》原題為「後嫁婆婆忒心偏，守志烈女意自堅」，正名為「湯風冒雪沒頭鬼，感天動地竇娥冤」。臧懋循《元曲選》訂題為「秉鑑持衡廉訪法」，後正名為「感天動地竇娥冤」。

李惠綿認為劇本的「章法」、「格局」應包括「戲曲情節關目內在段落發展形式」，即故事的起承轉合，和「外在體制規律之佈置」[5]，如角色、套式、穿關、唱念做打等。由於劇場表演和觀眾注意力的限制，元雜劇一般為四折（或加上楔子作補充說明），意味著情節發展必須簡潔精約，不能像傳奇創作一樣旁逸斜出，故以一宮調或一套曲為一折，每個宮調下由若干個曲牌連成一套曲子，彼此承接，成為雜劇的基本形式。[6]《竇娥冤》四折之宮調分別為【仙呂】、【南呂】、【正宮】與【雙調】，通過限定伴奏樂器音調的高低，各宮調便自有其情感基調，互相搭配，則呈現豐富的舞臺聲樂，如《竇娥冤》第三

5　李惠綿：《戲曲批評概念與實踐》，《戲曲學報》第10期（2012年12月），頁42。

6　「曲牌體式，包括某宮某調、字格、句法，某處用對，某處四聲陰陽不可輕，某處押韻，某處可加襯字……若能進一步掌握某曲工尺板眼，用何笛色，則於填詞更為益。」參齊森華、陳多、葉長海主編：《中國曲學大辭典》（杭州：浙江教育出版社，1997年12月），頁696-697。

折作為全劇的高潮，以【正宮】奠定了惆悵雄壯的基調，也因為【正宮】和【中呂】兩宮調所屬牌調較多，套式變化也較靈活，適宜表現情感豐富複雜的情節。第三折通過旦角竇娥個人的主唱，刻畫在刑場上的悲劇形象，表現指斥天地、痛發誓願的反抗行為；第四折中，竇娥向其父申冤昭雪，迎來結局，也與【雙調】的健捷激嫋相配。

　　【正宮】調開始的一組多半是〔端正好〕、〔滾繡球〕與〔倘秀才〕，〔端正好〕作為一個「引子」式曲牌，簡要交代第三折「赴刑冤誓」的主題。後兩支曲牌，因為具有「兩腔迎互迴圈」的特性，也被稱為「子母調」，吳梅語云：「子母調者，不用高喉，僅用平調歌也。」[7]此種腔調多用於鋪敘事件因果。《竇娥冤》第三折雖然沒有唱腔的前後迴環，但是對於天地不公的怨憤情感，則在自敘身世的哀婉曲調不斷回蕩加深，綿延不絕。〔叨叨令〕正如其曲牌名，有不盡的叨叨意味，竇娥在這一曲中感傷自己身世，又表達對婆婆的關照。第五，六句連用「也麼哥」，「（唱）枉將他氣殺也麼哥，枉將他氣殺也麼哥！」使得情感流露，纏綿不盡。

　　而【中呂】〔快活三〕、〔鮑老兒〕兩曲，【正宮】與【中呂】兩宮調之間互借情況十分普遍，主要是因為二者笛色均用小工或尺字調，而聯套的基礎就是音樂，牌調的組織搭配自然與樂歌的音律有關。吳梅《南北詞簡譜》云：

> 快活三首二句用快板，第三句用散板，第四句用慢板，蓋緊接朝天子慢唱，正北詞中抑揚緩急之妙，為南曲所無……北曲則始慢中急，急後復慢。而為之過渡者，在中呂則快活三也。[8]

7　王衛民編：《吳梅戲曲論文集》（北京：中國戲劇出版社，1983年5月），頁402。

8　吳梅著：《吳梅全集　南北詞簡譜卷》（石家莊：河北教育出版社，2002年7月），上冊，頁97。

〔快活三〕後必接用〔朝天子〕或〔鮑老兒〕，通過曲子的緩急配合，不僅為下文竇娥發下三樁誓言造勢，也表現其情緒的轉變，從對婆婆的思念和自己身後之事的交代，隨著曲子急促，勸慰婆婆不要再為自己哭泣，一句「沒時沒運，不明不暗，負屈銜冤。」點出當時老百姓或被黑暗吞噬成為張驢兒之流，或像竇娥本人一樣無法伸張正義的社會現實。

〔耍孩兒〕後則必用〔煞〕，這是該曲牌的附屬曲，並非尾聲煞尾，其數量至少是一支，多者可為十餘支。在《竇娥冤》第三折〔耍孩兒〕及兩支附曲〔煞〕中，竇娥許下三重冤誓，因果聯繫，層層深入，化用「萇弘化碧」、「望帝啼鵑」、「六月飛霜」、「東海孝婦」等多個老嫗能解的典型故事，讓竇娥形象從單純的貞孝模型中有力掙脫出來，由怨天的弱者一轉而為勝天的強者。作者運用呼告的手法，強化抗議的悲憤之情，將情感訴諸於天，指天斥地，在結尾爆發出強烈的情緒力量，引起共鳴。

（三）舞臺表演中的修辭特點

元雜劇和傳奇小說皆重視情節的起承轉合，故南曲也將前者稱為傳奇，然其差異在於元雜劇雖然有賓白補充情節，但更多還是以唱詞一以貫之，反映代言體的特點—於科白中敘事，而曲文全為代言。是以雜劇的欣賞不能僅止於文本，也不能單純視為傳奇小說。

為了讓學習者盡可能領略元雜劇的表演特色，教師可以選擇保留元雜劇大部分特點的崑曲，使學習者在欣賞之餘，關注其用字之陰陽、開合、平仄等聲韻效果，聯繫耳目的和諧與文本的表現，體會戲曲表演的虛擬性、誇飾性特徵，「三五步行遍天下，六七人百萬雄兵」，在方寸舞臺之間指點天地江山，如《竇娥冤》第三折中，將舞臺化成「刑場」的象徵，在聆聽、觀察的過程中切實把握戲劇表演時

的舞臺意義和演員表現，通過特定物品和表演「比喻」某一類場景，呈現人物形象、劇本時間和空間的過渡與變化。

與詩詞相比，元雜劇藉由演、唱在舞臺上呈現了傳奇小說的鮮明動作和完整敘事，而四折一楔的模式也對應「起承轉合」的故事發展脈絡。唯有在舞臺上展演，雜劇的語言、情節才能充分爆發，若只是分析其文本，勢必無法呈現其真實的藝術魅力。刪去賓白，雖不會影響唱詞之連貫與劇情之表達，但不同於傳統戲劇的表現，賓白於雜劇演出時有著不可或缺的重要性。李漁認為賓白之於曲文，如同骨骼之於血脈、傳注之於經文，若只有血脈，則曲目無法立於舞臺之上，即柳浪館所評「肉屍一塊」[9]。《竇娥冤》第三折中，竇娥所發下的三樁誓願，在曲文中也多用對稱句式，配合用典，使得唱腔更有氣勢，譴責更有力道，為後續轉化為勝天的強者進行鋪墊；在賓白中，竇娥與劊子手、監斬官的對話，也達到中聽、好說的藝術效果，而非粗俗的潑婦罵街。

另外，襯字的加入，也使得雜劇語言能生活化、口語化。襯字與板式搭配，在適當的節奏中可讓唱詞琅琅上口，如：

〔叨叨令〕**可憐我**孤身只影無親眷，**則**落得吞聲忍氣空嗟怨。」
也有一些語法上的襯字，用來湊足字數，如〔叨叨令〕……
（唱）枉將他氣殺**也麼哥**，枉將他氣殺**也麼哥**！

「也麼哥」是戲曲中常見的無意義襯詞，卻能夠表達聲情效果，引起共鳴；它是竇娥對婆婆的關心，也是對劊子手的懇求，呼應竇娥為了不讓婆婆受苦而服誣認罪的行為。當襯字在句中字數越多，整體音節

9　〔明〕柳浪館：《批評玉茗堂紫釵記》（明末柳浪館刊本影印），第一冊。

則越發急促，情感表達則更加激烈。〔叨叨令〕規定第五、六句重疊，且必須在句尾用「也麼哥」三字，呈現「叨叨不盡」的意味。

　　雜劇表演的起源與祭祀活動是密不可分的，在祭祀活動逐漸轉向世俗化後，不免要帶上表演的性質，達到吸引、娛樂觀眾之效果。祭祀表演的特點，如人物面部扮相、穿著服裝、通過固定的科儀表達相應的動作意義等，在文本上則呈現為「……科」。不同的角色與情境，於舞臺上則有不同表現效果，末、旦、淨、雜等四種角色皆出現於《竇娥冤》第三折，但其分工各有側重，如唱詞的撰寫完全以竇娥為核心，且在旦本戲中由正旦一唱到底，其他角色只能以說白和主唱者對話，正面凸出竇娥的貞烈與抗辯，至於社會環境之黑暗，則由唱詞側面烘托，產生到主客堆疊、情境交融之效果。

四　元雜劇《竇娥冤》的變遷

　　劉靖之認為，儘管人人都知道元雜劇不僅僅只是案頭作品，而是「文學與音樂結合的『樂劇』」，包括了文本所不能涉及的營造舞臺效果的方方面面，但仍舊可從不同劇種的《竇娥冤》的音樂改編上進行分析，還原部分舞臺效果。在京劇中「不僅曲文、科白與雜劇的不同，連折、曲牌都改為分場和二簀散板、搖板、慢板、倒板等。」[10]元雜劇《竇娥冤》的故事內涵雖未改變，但外在形式則一變而為地道的京劇。《竇娥冤》第三折的〔叨叨令〕和〔快活三〕的「可憐我孤身只影無親眷」、「念竇娥葫蘆提當罪愆，念竇娥身首不全」、「婆婆也，你只看竇娥少爺無娘面」等唱詞，在京劇中則分散到不同位置，以追求更好的曲譜效果。

10　劉靖之：〈以《竇娥冤》為題材的崑曲、京劇與現代音樂〉，《河北學刊》第1期
　　（1994年1月），頁64。

　　王國維認為元雜劇的進步，在於文體更為自由，由敘事體變為代言體，凸出人物的形象，演員能夠自由地再造曲文，發揮舞臺效果，降低作家的創作影響。換言之，修辭學的應用則更加多元，用典、譬喻、誇飾、排比等手法層出不窮，反觀後續的改編京劇，雖然進一步提高劇本、演員在情感表達的自由度，但雜劇的平衡也略受破壞：折、宮調、曲牌之間及凝練的曲文也略顯冗雜。例如程硯秋版《竇娥冤》第三折，首先改變「一人主唱」的結構，加入蔡婆婆以二黃散板的自由演唱，其旋律使節拍能隨劇情自由變化，演員表演相對自由，加上更多的口語化表達，模糊賓白、曲文之間的差異；對原有的曲文進行增減，也能適應表演的現場情況。京劇的自由唱腔，在改編選材上也更加廣泛，上達歷史，下通民間，表演風格雅俗共賞，既有昆曲宮廷音樂的本質，也能迎合底層人民的情感需求。

　　傳統的地方戲曲雖然具有生命力，但其劇碼卻無人研究復原，再以舞臺表演呈現；舊有的劇本與形式若要以再現原貌，必然要投入更多心血。現行的《竇娥冤》，包括全本、改編本，種類多樣，不僅改編為秦腔、昆曲、京劇、黃梅戲、蒲劇等傳統劇種，當代西方歌劇、話劇也各自通過不同形式，賦予《竇娥冤》當代的觀賞價值。復原傳統戲劇十分艱巨，但昆曲是雜劇的發展，當資料不斷累積，也或能實現「昆曲」向「元雜劇」轉型。由創新的角度來看，元雜劇《竇娥冤》之不傳，也不意味竇娥形象和故事內涵的喪失，而是在不同劇種、演員與舞臺表演之中，煥發新的生機。故現行《竇娥冤》的語文教學，也可以元雜劇的劇本為基礎，而後擇選較有特色的地方戲劇版本，體驗《竇娥冤》的實際舞臺效果，在一般的字詞、情節講述外，由戲文的展演豐富學習者的體驗。

四 結語：
基於辭章學的元雜劇《竇娥冤》教學模式

《竇娥冤》內容深入觀眾，故《竇娥冤》的精神內核才會在元雜劇趨雅反俗、失卻群眾基礎之時，通過其他戲劇形式，創造更多樣的藝術魅力。故在《竇娥冤》的教學中，可以強調元雜劇特點「四折一楔子」的敘事形式、一人主唱的演唱形式、曲牌聯套的音樂形式、曲，科，白合一的表現形式與代言體的文本形式等，和學習者共同探究關漢卿如何通過元雜劇這一文體（表演模式）塑造、凸出竇娥形象，呈現經典的藝術價值。

參考文獻

〔元〕鍾嗣成：《錄鬼簿（外四種）》，上海：上海古籍出版社，1978
年，頁8。

〔明〕王陽明著，張懷承注譯：《傳習錄》，長沙：嶽麓書社，2004
年，頁312。

〔明〕朱　權：《太和正音譜》，中國戲曲研究院編：《中國古典戲曲
論著集成》，北京：中國戲劇出版社，1959年，第3集，頁
17。

〔明〕柳浪館：《批評玉茗堂紫釵記》，明末柳浪館刊本影印，第一
冊。

〔明〕湯顯祖著：《牡丹亭》，北京：知識出版社，2015年，頁22。

李惠綿：《戲曲批評概念與實踐》，《戲曲學報》第10期，2012年12
月，頁42。

齊森華、陳多、葉長海主編：《中國曲學大辭典》，杭州：浙江教育出
版社，1997年12月，頁696-697。

王衛民編：《吳梅戲曲論文集》，北京：中國戲劇出版社，1983年5
月，頁402。

吳　梅著：《吳梅全集　南北詞簡譜卷》，石家莊：河北教育出版社，
2002年7月，上冊，頁97。

劉靖之：〈以《竇娥冤》為題材的昆曲、京劇與現代音樂〉，《河北學
刊》第1期，1994年1月，頁64。

附錄　《竇娥冤》教案

教學目標	1. 結合背景知識和觀劇體驗，掌握元雜劇角色，音樂等特點； 2. 比較「本色派」和「文采派」作品，體會前者深入群眾內心的藝術效果； 3. 觀劇與品讀結合，分析竇娥的悲劇形象及悲劇原因； 4. 分析元雜劇消亡的原因，了解元明清戲劇形式之差異與演進脈絡。
教學重點	掌握元雜劇欣賞技巧。
教學難點	分析竇娥悲劇原因與作者意圖。

（一）導入

　　這一個單元我們將學習三部戲劇作品，涵蓋古今中外，雖然《竇娥冤》作為我們最為熟悉又不太熟悉的一部作品，但是相信同學們在預習時觀看的不同劇種的《竇娥冤》時，也有了自己更深刻的感性體會，現在請昆曲，京劇，現代歌劇小組代表從故事表現，舞臺效果兩個方面分享欣賞體驗。

（二）初步體會

昆曲與元雜劇《竇娥冤》（第三折）比較	1. 昆曲與元雜劇之折數、曲牌、曲文幾乎沒有差別，並由正旦獨唱、對唱； 2. 在具體表演中昆曲有一定的刪改，如為了正旦表演的連貫，刪去淨角的帶白； 3. 第三折《赴刑冤誓》，在情感表達上，昆曲唱腔稍顯溫柔，缺乏指天罵地的氣勢。
京劇與元雜劇	1. 折與曲牌上改為分場和二黃散板等，曲文科白也有較

《竇娥冤》（第三折）比較	大不同，只有故事大綱和主要人物與雜劇原著和明人葉憲祖《金鎖記》相近，伴奏樂器京劇以胡琴等為主要樂器，而元雜劇則以笛、板、鼓、鑼為主； 2. 京劇由於沒有折數、宮調、曲牌的要求，在舞臺表演和情感表達上更加的自由，可以憂鬱神傷，也可以熱情奔放；在原作的基礎上也就有了更豐富的創作空間，如《竇娥冤》第三折中〔叨叨令〕和〔快活三〕中「可憐我孤身只影無親眷」、「念竇娥葫蘆提當罪愆，念竇娥身首不全」、「婆婆也，你只看竇娥少爺無娘面」，被改為「法場上，一個個淚流滿面，都道說，我竇娥死得可憐。眼睜睜老嚴親難得相見，霎時間，大炮響屍首不全。」
現代歌劇（以吳大江《倚門望》為例）與元雜劇《竇娥冤》（第三折）比較	1. 現代歌劇的表演以歌唱家與樂隊的配合為主，《倚門望》的詞與原著雜劇曲文相去甚遠，同樣只保留了故事情節和人物形象； 2. 將戲曲與歐洲詠歎曲結合，在結構、體裁、表達方法上有了進一步創新，在新形式下將竇娥的絕望情緒震人心弦的爆發出來。
總結	昆劇更接近雜劇原來的面貌，京劇更加的自由化，到了現代表達手法則更加的個人化，各自借竇娥之口來展現對竇娥同情的感應，從不同層次、角度、方式形成了不同的作品。

（三）活動

結合昆曲《竇娥冤》（第三折）視頻和課下注釋，解釋元雜劇相關知識，如元雜劇角色：外末、正旦、卜兒等；元雜劇組織結構折數、宮調、曲牌、套數等；元雜劇動作、科諢等。

「折」是元雜劇文體的構成單位，成熟的元雜劇劇本基本為「一本四折」的結構，即一本元雜劇由四折構成，有的篇目還在四折之外

加一個楔子，用以交代事由或承接上下文。元雜劇的「折」是一個音樂單位，一折用一個宮調，四折為四個宮調，《竇娥冤》的四折分別為【仙呂】、【南呂】、【正宮】與【雙調】四個宮調。每個宮調下有固定的若干曲牌，比如《竇娥冤》最著名的第三折【正宮】下就包括〔端正好〕、〔滾繡球〕、〔倘秀才〕、〔叨叨令〕等十支曲牌。

　　總體而言，元雜劇表現出以下特點：一是「四折一楔子」的結構模式，一是以北曲演唱的曲牌聯套體的音樂體制，一是曲詞、賓白、科泛三者合一的文字構成，一是一人主唱、眾人相輔的角色配置，一是模擬人物聲口的代言體敘事。

（四）深入研讀

對比發現元雜劇的突出特點之一就是由一折由一人從頭到尾演唱，結合本折內容分析好處	1. 由旦角主唱到底的結構，使得竇娥的形象得到了濃墨重彩的刻畫，竇娥的形象豐富立體，文本既表現了她的善良、忍耐，如往後街去，不忍蔡婆傷心的懇求，又描寫了她的不屈、倔強和決絕，如指天罵地的誓願。而劇中其他人物，即使是故事發展所賴的重要人物，也只能表現出單一扁平的性格特徵，要麼流氓無賴（張驢兒）、要麼糊塗軟弱（蔡婆）等； 2. 主唱的內容以敘事為主，輔之以某些抒情的成分，保證了敘事的完整性，即便脫離了賓白，也能讓人領略故事的大概。第三折主要敘述了竇娥赴刑冤誓的經過，同時也以一定的重複敘述交代了前因後果。
結合元雜劇的其他特點分析竇娥形象	1. 「代言體」的文體敘述角度，決定了《竇娥冤》語言的通俗。不過全文也並非一白到底，竇娥未曾飽讀詩書，卻亦非全然不通筆墨，她在秀才父親身邊長到七歲，父親一心鑽研科舉取試，童年的耳濡目染、家學影響。如「萇弘化碧、望帝啼鵑」，使用

結合元雜劇的其他特點分析竇娥形象	了周大夫萇弘和蜀王杜宇的歷史故事； 2. 元雜劇以「曲」為中心，形成了定量化的劇曲敘事，在韻文和散文的錯落中，不斷推進故事的發展，罵天罵地取得了感天動地的效果，竇娥的形象從孝婦，冤婦從性質上變為義婦、烈婦。
代言體的敘述角度使得《竇娥冤》語言通俗易懂，貼近生活。同是使用代言體敘事，對比欣賞《牡丹亭》片段，後者在語言上有什麼特點？	（末下）（貼作背後指末罵介）村老牛，癡老狗，一些趣也不知。（旦作扯介）死丫頭，一日為師，終身為父，他打不的你?俺且問你那花園在那裏？（貼做不說）（旦做笑問介）（貼指介）兀那不是！（旦）可有什麼景致？（貼）景致麼，有亭臺六七座，秋千一兩架。繞的流觴曲水，面著太湖山石。名花異草，委實華麗。（旦）原來有這等一個所在，且回衙去。 杜麗娘剛剛還在陳最良面前裝模做樣地責罵春香不該到花園去遊玩，轉瞬之間，春香的氣還沒消，她竟不惜放下架子陪著笑臉向春香打聽花園景致，這是一個思想心事的陡轉。但當弄清「原來有這等一個所在」後，卻又有著第二個陡轉，語意毫不相連、甚至相反地接上一句：「且回衙去。」顯示著在這兩句話之間，杜麗娘有著豐富而複雜的內心活動和潛臺詞。例如可以假設在前面要瞭解花園情景的一小段戲中，杜麗娘曾經動過遊園的念頭，但當說完「原來有這等一個所在」後，思想中發生了我們可以做出多種解釋的變化，或是發乎情、止乎禮義；或是顧慮「老爺聞知怎好」；或是已朦朧地有著「便賞遍了十二亭臺是枉然，到不如興盡回家閑過遣」的預感。總之是她的思路發生了大的逆轉，這才說出了個「且回衙去。」
提問：造成二者不同的原因？	1. 由選材而言，《竇娥冤》直接表現下層百姓的生活遭遇，如童養媳的題材，而《牡丹亭》選擇了文人案頭常見的才子佳人的創作模式； 2. 由敘述而言，《竇娥冤》以市井生活的標準對內容

提問：造成二者不同的原因？	進行選擇，改造，如取材自《東海孝婦》，在改編過程中將政治歷史意味轉化為世俗人情中的悲歡離合，《牡丹亭》則貼合文人的欣賞趣味； 3. 由主題而言，《竇娥冤》表達弱者對於黑暗現實的反抗，即使冤屈在人間不得昭雪，也要向不可見的天地發出控訴，《牡丹亭》是通過塑造杜麗娘的知識婦女形象達到反抗封建禮教的目的。可以發現，《竇娥冤》的創作是有堅實的群眾基礎的，也即是王國維所說的「曲盡人情，字字本色。」
提問：為什麼現在沒有元雜劇版本《竇娥冤》？	1. 元雜劇本身有嚴格的宮調和曲牌的選擇與搭配，從中西方曲樂的發展可以看出，人類情感勢必是要走向相對自由的表達。一人主唱的說唱文學形式使得劇場表演不夠豐富； 2. 傳統戲曲繁榮興盛的局面，並不是由文人創作的劇本撐起來的，而是在演員尊重原著和演出需要下對「劇本」再加工而產生的，所以最原初的劇本表演已經模糊不可循了。

（五）總結

不僅是元雜劇，戲劇本身的生命是在更廣闊的舞臺上，正是不間斷的實際演出與劇本改編，賦予《竇娥冤》新的生命，讓竇娥這一不甘屈服的靈魂始終煥發光彩。

（六）作業

閱讀《牡丹亭》的〈閨塾〉與〈驚夢〉，深入體會「不著一字」的潛臺詞，深入感受戲劇語言的動作性。

（七）板書

竇娥冤（第三折）
關漢卿

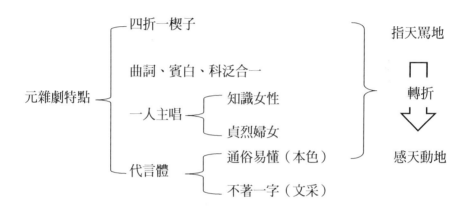

王象晉〈萬曆甲午科鄉試硃卷〉「以古文為時文」研究*

楊雅貴

國立臺灣師範大學國文學系博士候選人

摘要

　　明洪武以來，科舉鄉試、會試以三場為定式，三場命題旨意、文類不同，其應試技巧、評閱規準的熟稔與否，往往成為決科關鍵，於是符應舉業需求的硃卷、程墨、房稿等之刊刻，遂應機而生。本論文以明代王象晉（1561-1653）萬曆二十二年（1594）甲午科鄉試三場硃卷為研究範圍，研究取徑從科舉文風與文道觀的關係、鄉試命題意旨切入，從「讀寫互動」視角，考察「雅正、精切、宏博、新奇、雄豪」五向度古文寫作技巧相關之評點與試卷內容。研究可知，時文和古文在立意、修辭、章法、文氣頗有相通處，故「以古文為時文」乃是自然的寫作趨勢。

關鍵詞：王象晉、硃卷、評點、讀寫互動、文道觀、以古文為時文

---

*　本文初稿宣讀於第十五屆辭章章法學暨文創設計學術研討會（2023年1月17日），感謝主持人顏智英先生及討論人麗壯城先生惠賜意見。也在此感謝兩位匿名審查人針對論文章節、硃卷文旨提點等建議，敬申謝忱。

一　前言

　　明清以來制舉用書[1]類型多樣，即包括不少鄉會試墨卷之刊刻印行，可見其對攻習舉業[2]者而言，是有其刊刻意義與效用的。本論文即嘗試以明代王象晉（1561-1653）參加萬曆二十二年（1594）甲午科鄉試之《萬曆甲午科鄉試硃卷》[3]為研究基點。

　　明代鄉試時，考生用墨筆所寫的試卷稱為墨卷。硃卷，是將考生試卷彌封後，交由謄錄官用硃筆重新謄寫的卷子。[4]硃卷在一定程度上，可以防止考試舞弊現象的發生，對考官認真完成閱卷工作也有相當的約束力，體現了科舉考試的相對公平性。[5]除了由謄錄生抄寫後保存在官府的硃卷，由新舉人、進士自行刊刻的試卷，亦稱硃卷。[6]在考中之後，士子可以將自己的硃卷刊印贈人。硃卷上多有主考官或同

1　最早書目分類有「制舉」一類，起於〔清〕黃虞稷所撰《千頃堂書目》，著錄有明一代書籍，按經、史、子、集四部分類，於「集部」下分：別集、制誥、表奏、騷賦、總集、文史、制舉、詞曲八類。參見〔清〕黃虞稷：《千頃堂書目三十二卷》，（上海：上海古籍出版社，2001年）。

2　舉業，亦稱舉子業。《明史・選舉志一》：「諸生應試之文，通謂之舉業。」參見〔清〕張廷玉等撰：《明史・選舉志一》（北京：中華書局，1974年），卷六十九，頁1689。

3　〔明〕王象晉著，〔明〕王登才、韓邦域等批：《萬曆甲午科鄉試硃卷》，明萬曆刊本，收錄於姜亞沙、經莉、陳湛綺主編：《中國古代闈墨卷彙編》（北京：全國圖書館文獻微縮複製中心，2009年），第十冊，頁1-92。

4　黃明光：《明代科舉制度研究》（桂林：廣西師範大學出版社，2000年），頁127。

5　張杰：〈朱卷與《清代硃卷集成》的文獻價值〉，陳文新、余來明主編：《科舉文獻整理與研究：第八屆科舉制與科舉學國際學術研討會論文集》（武漢：武漢大學出版社，2013年），頁272。

6　張杰：「新舉人、進士刊刻自己試卷的做法始於明代。……儘管他們刊刻的試卷皆為墨印，但因式樣與鄉會試朱卷大致相同，當時人遂籠統地將這些試卷都稱作朱卷。」參見張杰：〈朱卷與《清代硃卷集成》的文獻價值〉，頁273。

考官以及該房原薦批語、圈點。

明洪武以來，科舉鄉試、會試以三場為定式。第一場專取《四書》及五經命題試士，體用排偶，謂之八股，通謂之制義；第二場考試內容有三，分別為論一道、判五道及詔誥表內科一道；第三場專試經史時務策，共五道。三場命題要求、文體不同，學子除了必須兼熟時文與古文，而能否精確掌握應試技巧及考官的評改規準，更是決科關鍵。鄉、會試硃卷，即成為學子掌握考官評改規準的利器之一。

王象晉（嘉靖四十年至順治十年，1561-1653），字藎臣，一字子進，又字康候，號康宇，山東新城縣（今桓臺縣）人。王象晉出身新城王氏世家大族，[7]為新城王氏第六代。王象晉於萬曆二十二年（1594）山東鄉試中舉，萬曆三十二年（1604）中進士，萬曆四十一年（1613）考選，升任翰林，歷經黨爭、罷官、起復，崇禎七年（1634）升河南按察使；崇禎十年（1637），致仕歸里。[8]順治十年（1653）十月，王象晉卒於家，享年九十三歲，鄉人私諡康節先生。贈刑部尚書。[9]

7　四世祖王重光（1502-1558，字廷宣），嘉靖二十年（1541）進士，是新城王氏的第一個進士，奠定了王氏科舉世家的基礎；第八代王士禛（1634-1711，字貽上，號阮亭，別號漁洋山人），為清順治十二年（1655）進士，為清初著名詩人、文學家。參見伊丕聰編著：《王漁洋先生年譜》（濟南：山東大學出版社，1989年），頁2、214。又，王士禛（1634-1711）云：「四世至太僕公（王重光）始大其門。二百年來科甲蟬連不絕。」參見〔清〕王士禛撰，孫言誠點校：《漁洋山人自撰年譜》，《王士禛年譜（附王世祿年譜）》（北京：中華書局，1992年），卷上，頁1。按：新城王氏家族至第八世，共出了五名進士，依次為王士祿、王士禛、王士梓（武進士）、王士驥、王士祐。

8　崇禎十年（1637），王象晉長子病卒，加上因姚永濟（字通所，萬曆二十六年〔1598〕進士，生卒年不詳年）之事受到牽連（姚永濟官任浙江左布政使，因賦稅不足額而下獄，王象晉令守藏吏將浙江剩餘的賦稅押解至京，以解姚永濟之急年），王象晉於是自請致仕歸里。參見鄒一鳴：《王象晉研究》（淄博：山東理工大學碩士論文，2018年），頁13-14。

9　關於王象晉生平，參見〔清〕王士禛撰，孫言誠點校：《王士禛年譜（附王世祿年譜）》（北京：中華書局，1992年）、伊丕聰編著：〈王氏世系表〉，《王漁洋先生年

　　鄉會試硃卷的寫定，場卷前總批，通常是先有各房同考官之眉批、旁批，在中式名單確認之後，再由主考官、同考官加上總批。至於圈點，則未必有之。目前所見之王象晉《萬曆甲午科鄉試硃卷》一卷，為明萬曆刻本，[10]包括王象晉一至三場全部硃卷，評點體例則有評語與圈點兩者：評語有三形式，分別是總批、[11]眉批及旁批；在圈點符號方面，使用了圈（。）點（、）兩種。《萬曆二十二年山東鄉試錄》[12]記載了完整的主考官〈序〉、副考官〈後序〉、同考官等名單、試題內容、中舉名錄及各場選錄考生範文等資料，可作為互文性材料。

　　本論文擬從「讀寫互動」[13]視角來考察王象晉鄉試硃卷之「考官評點」與「試卷本文」關係。從舉子應試寫作角度而言，王象晉試卷文章即是「讀寫互動」產物；[14]從舉子對考官評點與自己試卷文章的接受角度而言，在硃卷刊刻前後，王象晉是「再閱讀自己文章，並閱讀考官評點」，這種透過評點檢視自己鄉試文章的閱讀方式，是否能

譜》（濟南：山東大學出版社，1989年），頁40以及賀琴：《明清時期山左新城王氏家族文學研究》（濟南：山東大學博士論文，2015年），頁3-11。

10　〔明〕王象晉著，〔明〕王登才、韓邦域等批：《萬曆甲午科鄉試硃卷》，姜亞沙、經莉、陳湛綺主編：《中國古代闈墨卷彙編》，第十冊，頁1-92。

11　按：總評全文謄錄，參見本論文〈附錄一〉。

12　〔明〕王登才等編：《萬曆二十二年山東鄉試錄》，臺灣學生書局編輯部彙集：《明代登科錄彙編》（臺北：臺灣學生書局，1969年，國立中央圖書館藏本），第二十一冊，頁11318-11528。

13　「讀寫互動」是「寫」（創作年）與「讀」（鑑賞年）的往復形態，即是「語文能力（先天年）」與「辭章研究（後天年）」的接軌、確認、回歸、提升。參見陳滿銘：〈論讀、寫互動〉，《畢節師範高等專科學校學報》第23卷第2期（2005年6月），頁1-8以及陳滿銘：〈論讀寫互動原理──歸本於語文能力與意象（思維）系統作探討〉一文，參見陳滿銘：《意象學廣論》（臺北：萬卷樓圖書公司，2006年），頁279-307。

14　王象晉在答卷寫作當下，歷經持續地讀寫互動過程，即寫下文章同時，不斷地讀題目、讀自己已寫下的文字。

為下一次類似寫作（即會試）帶來正面效果呢？若從王象晉於萬曆三十二年（1604）會試中式的結果來看，不啻為讀寫成效之一。明清以來，秦漢派、唐宋派的主要文人及其文學主張，或多或少影響了科舉寫作故而有「以古文為時文」的說法。「以古文為時文」是指「在時文寫作過程中運用古文的寫作方法」[15]。本論文擬聚焦在考官所提及「古文寫作技巧」相關的評點文字與圈點文句，並分析王象晉的古文技巧及其應用在時文的情況，以進一步了解古文與科舉的讀寫關係。另文末〈附錄一〉為王象晉硃卷總評之書影與全文謄錄；並舉王象晉時文、古文各一篇硃卷示例：〈附錄二〉為第一場第一篇《四書》硃卷之書影與全文謄錄，〈附錄三〉為第二場論硃卷之書影與全文謄錄，以資參考。

二　科舉文風與文道觀

（一）萬曆十五年禮部〈乞正文體疏〉

明代科舉制度，在應試科目上，首場制義規定以四書五經為範圍，要求以古人語氣行文，並用排偶句型，即所謂八股文、制義。[16] 就科舉場次與文體要求上，則須完成三場，每場各有其不同文體與書寫要求。

萬曆十五年（1587）禮部尚書沈鯉從「人心與文體」關係，提出

---

15 廓健行：〈明代唐宋派古文四大家「以古文為時文」說〉，香港中文大學：《中國文化研究所學報》第22卷（1991年），頁221。

16 《明史‧選舉志二》：「科目者，沿唐、宋之舊，而稍變其試士之法，專取四子書及《易》、《書》、《詩》、《春秋》、《禮記》五經命題試士。蓋太祖與劉基所定。其文略仿宋經義，然代古人語氣為之，體用排偶，謂之八股，通謂之制義。」〔清〕張廷玉等撰：《明史‧選舉志二》（北京：中華書局，1974年），卷七十，頁1693。

端正選風的意見，見諸《禮部志稿‧題乞正文體疏》：

> 近年以來，科場文字漸趨奇詭……是其所壞者，不止文體一
> 節，而亦於世道人心，大有關繫相應。……是文章之有驗於性
> 術也……是文章之有關於世教也……故今鄉會試進呈，錄必曰
> 中式，則典雅切實，文理純正者，祖宗之式也。……仍乞容臣
> 等會同翰林院掌印官將弘治、正德及嘉靖初年一二三場中式文
> 字，取其純正典雅者，或百餘篇，或十數篇，刊布學宮，以為
> 準則……容臣等咨行各該提學仰體朝廷德意，相率以正文體，
> 端士習，轉移世道為己任……如復有前項險僻奇怪，決裂繩
> 尺，及於經義之中引用莊列釋老等書句語者，即使文采可觀，
> 亦不得甄錄，且摘其甚者，痛加懲抑，以示法程。……[17]

此〈疏〉針對萬曆年間鄉會試舉業之漸趨奇詭風氣，提出兩觀點：

一、文風漸衰：士子所讀「怪異不經」，所作舉業反應出心不正、
世道沉淪現象。

二、從科舉文章可觀察世教與文風之邪正：從「文章之有驗於性
術」，說明人心不正，文體則不正；再從「文章之有關於世教」，說明
文體不正，乃因世教不正。

是故，禮部提出端正文風的建議，是從教育與考試雙管齊下；具
體措施是從鄉會試的考試教材與考卷評選兩部分著手：先選取弘治、
正德及嘉靖初年一二三場中式文字適當篇數，刊布學宮；進而使舉子
在鄉會試寫出「得體」文章。

至於禮部所謂端正文風、文體之中式範文，若與文學發展相參看，

---

17 〔明〕俞汝楫編：《禮部志稿》，《文淵閣四庫全書》，卷四十九，頁6-10。

有兩方面值得注意：首先，是以弘治、正德（1488-1521）及嘉靖
（1522-1566）初年時期之選文為主，此時期主要文學流派為前七子的
復古派，然至萬曆年間禮部沈鯉上疏時，此時唐宋派文學影響力已不
可小覷。[18]再者，一二三場文章皆取，這是兼重時文、古文（鄉會試
第一場時文，二三場論、策為古文）的態度。這兩方面，或可作為進
一步觀察科舉文風與文學發展之關聯性的參考。

（二）萬曆二十二年山東鄉試之甄錄原則

　　明代鄉試考試官，又稱主試官，每省二人，職權為總閱試卷，分
別取舍，核定名次，上報皇帝。[19]另外，主考鄉試的官員，即出題之
人。[20]王象晉萬曆二十二年山東鄉試硃卷評語由三位考官給定，每則
評語皆明確標示出「主考官王／王／王批）」或「主考官韓／韓／韓
批）」或「同考官劉／劉／劉批」等文字，但硃卷未刊刻出考官身分。
考察《萬曆二十二年山東鄉試錄》[21]，可知主考官為王登才，字用弼，
直隸開州人，官戶部河南清吏司署員外郎事主事，為萬曆十七年己丑
（1589）進士；[22]副考官為韓邦域，字仕廣，福建侯官縣人，官戶部
雲南清吏司主事，為萬曆十四年丙戌（1586）進士。[23]；「同考官劉」

18　按：嘉靖初年，唐宋派文學主張，尚未成為主流，唐宋派代表人物：歸有光（1507-
　　1571）於嘉靖十九年（1540）中舉，嘉靖四十四年（1565）中進士、唐順之（1507-
　　156）於嘉靖八年（1529）中進士、王慎中（1509-1559）於嘉靖五年（1526）中進
　　士、茅坤（1512-1601年）於嘉靖十九年（15385）中進士，至萬曆七年（1579）有
　　《唐宋八大家文鈔》之刊刻。
19　黃明光：《明代科舉制度研究》，頁127。
20　同前注，頁151。
21　〔明〕王登才等編：《萬曆二十二年山東鄉試錄》，臺灣學生書局編輯部彙集：《明
　　代登科錄彙編》，第二十一冊，頁11318-11528。
22　同前注，頁11330。
23　同前注，頁11330。

為劉湧，劉湧字子泉，河南商城縣人，己丑（萬曆十七年，1589）進
士，為江西瑞州府推官。[24]另外，《萬曆二十二年山東鄉試錄》有主考
官〈序〉、副考官〈後序〉，可提供觀察此次鄉試之甄士標準的參考。主
考官王登才〈序〉有云：

> 方今國家需人甚急，天子慮士習靡壞，人才迂僻，遂俞廷議詔
> 正文體，黜浮詭。蓋欲得真才以充任使，崇正學以維醇風，故
> 已立之表而示之的矣。……一不詭於孔子之道，以副國家責實
> 之效，則臣之懼少釋。[25]

王登才遵依朝廷「正文體」詔令，希望藉由「崇正學以維醇風」，而
「正學」即合乎「孔子之道」，方是真才。副考官韓邦域〈後序〉云：

> 明旨一再申使者，獨文體人心為惓惓，夫文有純駁，不當白
> 黑，臣等奉明詔而左袒浮誕，驅章掖而之靡，臣之罪也，乃若
> 人心不同，有如其面，以為無畸語而信其無畸心，非臣之明所
> 逆觀也。[26]

韓邦域亦指出詔令對正文體正人心的要求，「人心不同」，故「文有純
駁」，人心與文章是相應的，「無畸語而信其無畸心」，故希望能甄選
出真誠、公忠體國，能抗顏直諫的良臣。可知，至萬曆二十二年間，
仍有浮靡文風的問題，故主持山東鄉試的主副考官再三申明正人心、
正文體的選士原則，與萬曆十五年禮部〈題乞正文體疏〉觀點是一致

---

24 同前注，頁11330。
25 同前注，頁11320-11322。
26 同前注，頁11524-11527。

的。此亦顯示,自萬曆十五年〈題乞正文體疏〉頒布之後,朝廷確實從鄉試考官的選士著手,希望透過「正文體」,來達到「黜浮詭」文風的效果。如此,科舉制度除了選士之外,更兼有「正文體」、「正人心」、「正文風」的理想目的;或可這麼說,舉業與文以載道、文以明道的文學觀是相呼應的。

三　三場命題意旨與王象晉答題分析

(一) 第一場《四書》、《詩經》題目與王象晉試卷文旨、扣題技巧

第一場屬於制義類,又名八股文,亦即「時文」[27]。八股文是以經義為內容,以文學為形式,雜糅了古文的章法、駢文的排偶和近體詩的格律而形成的一種文體。[28]考察王象晉萬曆二十二年山東鄉試硃卷,第一場考《四書》三篇,以及《詩經》(王象晉習《詩經》)四篇,共計七篇。第一場《四書》題目[29]與其出處分析,如下表:

表一　第一場《四書》題目與出處

題型	題序	題目原文	出典
《四書》義理	一	禮以行之,孫以出之,信以成之	《論語・衛靈公》
	二	及其至也,雖聖人亦有所不能焉	《中庸》第十二章
	三	人之於身也,兼所愛。兼所愛,則兼所	《孟子・告子上》

27　龔篤清:「時文是以八股文具有明顯的適應時代的需要而不斷變化這一特色而命名的。」龔篤清:《八股文百題》(長沙:嶽麓書社,2009年),頁53。

28　龔篤清:《明代科舉圖鑑》(長沙:嶽麓書社,2007年),頁547。

29　〔明〕王登才等編:《萬曆二十二年山東鄉試錄》,臺灣學生書局編輯部彙集:《明代登科錄彙編》,第二十一冊,頁11339。

題型	題序	題目原文	出典
		養也。無尺寸之膚不愛焉,則無尺寸之膚不養也。所以考其善不善者,豈有他哉?於己取之而已矣	

舉子若能明白三題之題目出處,即能掌握題目命意。第一題出自《論語・衛靈公》(十七):

> 子曰:「君子義以為質,<u>禮以行之,孫以出之,信以成之。</u>[30]
> 君子哉!」[31]

此章乃孔子論君子以義為本質,以禮、孫、信為實踐內涵。題目刻意省去「君子義以為質」一句,以考驗士子對此章核心概念的理解。王象晉答卷寫道:

> 合眾善以應事,而義其有終矣。夫禮、孫、信,皆以濟義也。合之以應事,君子善用義哉。……義之為名甚美,而義之為實難副……而原其出之所始,要其行之所終,悉以誠信為貫徹,而虛偽祛也,是義之真也。……而要之,禮、孫、信亦非判然離也……信也者,又義、禮、孫之要也。故曰君子誠之為貴。[32]

30　按:鄉試題目文字以底線標示之。以下皆依此例標示,不另作注。

31　〔宋〕朱熹著:《四書集注章句・論語集注・衛靈公第十五》(臺北:國立臺灣大學出版中心,2016年),頁231。按:「孫以出之」之「孫」,通「遜」。

32　〔明〕王象晉著,〔明〕王登才、韓邦域等批:《萬曆甲午科鄉試硃卷》,姜亞沙、經莉、陳湛綺主編:《中國古代闈墨卷彙編》,第十冊,頁11-14。另,王象晉四書第一題答卷之全文謄錄,參見本文〈附錄二〉。

王象晉答卷開門見山緊扣《論語》:「君子義以為質」的核心義理,並提出以「誠信」統貫的創見。是故,同考官劉氏眉批云:「說『信』處入骨髓,自是神品」[33]、「結有歸宿」[34],肯定王象晉的論點。

第二題「及其至也,雖聖人亦有所不能焉」,出自《中庸》第十二章:

> 君子之道,費而隱。夫婦之愚,可以與之焉,及其至也,雖聖人亦有所不知焉。夫婦之不肖,可以能行焉,及其至也,雖聖人亦有所不能焉。天地之大也,人猶有所憾。故君子語大,天下莫能載焉;語小,天下莫能破焉。詩云:「鳶飛戾天;魚躍于淵。」言其上下察也。君子之道,造端乎夫婦;及其至也,察乎天地。[35]

此章在說明中庸之道「費而隱」,道具有既廣大又精微的特質,可在日用生活自自然然地體現。此題命意在希望士子能闡發中庸之道。王象晉答卷寫道:

> 聖人無全能,而道之費見矣。夫能至聖人,極矣;而胡猶有不能哉!則道之費,又出於聖人之外也。……以夫婦不肖之能而視聖人天縱之能,其數又不勝也。……惟道而謂之至,則擴之而無不包;約之而無所不攝,是道之大全也……要之,聖人之不能,聖人所不必能者也;即有所不能,不足為聖人病

---

33 同前注,頁12。

34 同前注,頁14。

35 〔宋〕朱熹著:《四書集注章句‧中庸章句》,頁29。按:費,用之廣也。隱,體之微也。

也。……故曰：君子之道費而隱。……不知日用居室現前即是……有志求能者，自夫婦之與能始。[36]

王象晉開頭即就「聖人之能」與「夫婦之能」兩相對比，說明聖人尚且不能全能於「道」，以證明「道」之廣大；又以夫婦之能來說明「道」其實就在目用平常之間。是故，同考官劉氏眉批云：「見理」[37]、「彩色絢爛，多獨至之語」[38]，主考官王氏眉批云：「特見獨言！無隻字經人道破」[39]對王象晉的特出論點，表示極度欣賞。

第三題「人之於身也」一節，出自《孟子‧告子上》第十四章：

孟子曰：「人之於身也，兼所愛。兼所愛，則兼所養也。無尺寸之膚不愛焉，則無尺寸之膚不養也。所以考其善不善者，豈有他哉？於己取之而已矣。體有貴賤，有小大。無以小害大，無以賤害貴。養其小者為小人，養其大者為大人。今有場師，舍其梧檟，養其樲棘，則為賤場師焉。養其一指而失其肩背，而不知也，則為狼疾人也。飲食之人，則人賤之矣，為其養小以失大也。飲食之人無有失也，則口腹豈適為尺寸之膚哉？」[40]

此章旨在說明，養其大體者在於養心養志，才能成為大人。此題希望舉子能理解君子修養道德的重要性。王象晉答卷寫道：

---

36 〔明〕王象晉著，〔明〕王登才、韓邦域等批：《萬曆甲午科鄉試硃卷》，姜亞沙、經莉、陳湛綺主編：《中國古代闈墨卷彙編》，第十冊，頁14-17。

37 同前注，頁14。

38 同前注，頁16。

39 同前注，頁14。

40 〔宋〕朱熹著：《四書集注章句‧孟子集注‧告子上》，頁468。

愛身有同情，而善養在自決也。甚矣！愛以養成也，不善養身
則不善愛身矣。人可無自考乎！……養何以生？由愛生也。惟
其愛之，是以養之也。……考之而所當養耶，則主宰既得，
而眾形皆末；即有尺寸之膚不養，而不害其為善養也。何也？
其愛得也。……孟子謂「養心莫善於寡慾」，此愛身者之指南
也。[41]

王象晉開頭即提出「自決」的思辨能力與自主態度是「愛身」、「善
養」的行為準則。主考官王氏旁批云：「破（題）超脫」[42]、又有眉批
云：「有丰采，有波浪神到之文」[43]王象晉行文進一步指出養心為主，
養體為末，最後提出「寡慾」才是養心之道、愛身之指南。是故，同
考官劉氏眉批云：「就題闡發，平地波瀾，蕩漾萬態」[44]、「結有學
識」[45]肯定王象晉能透過融會相關經典，深化論點的寫作技巧。

　　就萬曆甲午科鄉試《四書》三道題旨來看，皆強調以仁義道德為
本質，以中庸之道處世，落實「心性」修養，進而成就君子之德。第
一場《四書》文在符合八股文基本寫作格式之下，其文章內容在破題
與結語方面，扣題書寫是也是寫作基本技巧。所以舉子在精熟《四
書》義理之外，如果能發揮匠心獨運的巧思，就有機會得到考官青
睞，使文章勝出。觀諸王象晉這三篇文章起結，獲得考官「自是神
品」、「特見獨言」、「超脫」、「神到之文」等評語，可見舉子的巧思，
是考官所欣賞的。

---

41 〔明〕王象晉著，〔明〕王登才、韓邦域等批：《萬曆甲午科鄉試硃卷》，姜亞沙、經
　　莉、陳湛綺主編：《中國古代闈墨卷彙編》，第十冊，頁17-20。
42 同前注，頁17。
43 同前注，頁17。
44 同前注，頁19。
45 同前注，頁20。

　　第一場《四書》文三篇完成之後，接下來考《五經》義四篇。王
象晉選考《詩經》，故以下錄《詩經》題目[46]與其出處分析，如下表：

表二　第一場《詩經》題目與出處

題型	題序	題目原文	出典
《詩經》義理	一	彼君子兮，噬肯適我。中心好之，曷飲食之	《唐風 · 有杕之杜》
	二	四方是維，天子是毗	《小雅 · 節南山》
	三	雝雝在宮，肅肅在廟	《大雅 · 思齊》
	四	角弓其觩，束矢其搜。戎車孔博，徒御無斁。既克淮夷，孔淑不逆，式固爾猶，淮夷卒獲	《魯頌 · 泮水》

第一題出自《唐風 · 有杕之杜》，依朱熹《詩集傳》之意旨，此詩有好
賢招賢之意。[47]第二題出自《小雅 · 節南山》，依朱熹《詩集傳》乃
「刺王用尹氏以致亂」[48]之意。第三題出自《大雅 · 思齊》，依朱熹
《詩集傳》為「歌文王之德，而推本言之」[49]之意。第四題出自《魯
頌 · 泮水》，依朱熹《詩集傳》之「此飲于泮宮而頌禱之辭也」[50]、
「故詩人因魯侯在泮，而願其有是功也」[51]之意，旨在歌頌魯僖公能
繼承祖先事業，平服淮夷，成其武功，並表達詩人建功立業之志。

46　〔明〕王登才等編：《萬曆二十二年山東鄉試錄》，臺灣學生書局編輯部彙集：《明代
　　登科錄彙編》，第二十一冊，頁11341。另：明代鄉試《詩經》義試題及出處，可參
　　見侯美珍著：《明代鄉會試《詩經》義出題研究》（臺北：臺灣學生書局，2014
　　年），〈附錄二：明代鄉試《詩經》義試題彙整〉，頁189-272。

47　〔宋〕朱熹撰：《詩集傳三》，《四部叢刊三編》本，卷六，頁2。

48　同前注，卷十一，頁12。

49　同前注，卷十六，頁9。

50　同前注，卷二十，頁4。

51　同前注，卷二十，頁6。

　　四道題目皆有嚮往聖王賢臣的意，表達儒家內聖外王與淑世濟民的理想，強調對君子之道德與賢能的重視。茲以王象晉第一題答卷為例，以說明其寫作手法；王象晉此卷寫道：

> 詩人自嘆無以來賢，而猶欲曲致其情焉。夫賢人可以心感也，好以中心而賢人豈終於莫至哉！此杖[52]杜詩人之誠也。……雖賢人不以飲食為悅，然當莫肯適我之時，而儼然一庭辱焉，亦予之厚幸也……雖賢人不以致味為恭，然當莫肯適我之時，而油然一臨貺焉，亦予之至望也。……有中心之好，又何患無賢哉。噫！時值其衰，杖杜切飲食之想，世當其盛，高崗始梧鳳之求，然則國家所重亦大略可睹矣。[53]

王象晉開篇以詩人秉持誠心必能得賢為論點，主考官王氏眉批云：「發好賢，意婉而舒」[54]肯定其寫作技巧。中段以賢人「不以飲食為悅」、「不以致味為恭」扣題闡發，強調賢人盼望獲得明主重視而非汲汲於物質欲望，故而主考官王氏有眉批云：「深得此題之解」[55]這是讚賞其解題精確，深得詩旨。王象晉於卷末以「杖杜」[56]與「高崗」[57]

---

52 按：硃卷原文「杖」，應為「杕」之誤植。

53 〔明〕王象晉著，〔明〕王登才、韓邦域等批：《萬曆甲午科鄉試硃卷》，姜亞沙、經莉、陳湛綺主編：《中國古代闈墨卷彙編》，第十冊，頁20-23。

54 同前注，頁20。

55 同前注，頁22。

56 「杖杜」出自李林甫之典故。《舊唐書‧李林甫傳》：「林甫典選部時，選人嚴迥判語有用『杕杜』二字者，林甫不識『杕』字，謂吏部侍郎韋陟曰：『此云「杖杜」，何也？』陟俯首不敢言。」李林甫不識〈杕杜〉詩，誤以為「杖杜」，被譏為「杖杜宰相」。參見〔後晉〕劉昫撰：《舊唐書‧李林甫傳》，《文淵閣四庫全書》（臺北：臺灣商務印書館，2008年），卷106。

57 典出《詩經‧周南‧卷耳》，《毛詩‧序》曰：「《卷耳》，后妃之志也，又當輔佐君子，求賢審官，知臣下之勤勞。內有進賢之志，而無險詖私謁之心，朝夕思念，至

的一反一正兩典故，再次扣題呼應求賢題旨，於是同考官劉氏有眉批云：「冷語生色」[58]這是欣賞王象晉引用唐朝「杖杜相公」不賢者典故的警惕效果與寫作技巧；此外，可知明代科舉第一場八股文雖具代言體（代聖人立言）性質，但考生仍可以依據典故與考題的切合性，展現其學識與見解。

第一場從《四書》到《詩經》命題章旨，皆偏向儒家道德涵養、內聖外王理想，強調對君子之道德與賢能的重視。這類以「君子以仁義道德為本質」命題，實呼應「正文體，正人心」之選文原則，可見朝廷端正文風的旨意與科舉命題之間，有著密切相關。另外，從王象晉扣題書寫又能發揮奇思的寫作技巧來看，可知八股文應試挑戰之一，是在合乎題旨的限制下，能有延伸思考與創意。

（二）第二場論、表、判題目與王象晉「論」卷文旨、扣題技巧

鄉、會試第二場中，第二場除作論題一道、判語五條外，考生必須從詔、誥、表等公文中，擇一作答。[59]萬曆甲午科鄉試第二場「表」之題目為：「擬從宋御史吳中復請召還唐介知諫院謝表嘉祐三年」。[60]唐介（1010-1069），字子方，北宋荊州江陵人。宋仁宗明道（1032-1033）年間，入朝任監察御史裏行，轉殿中侍御史，後因抗顏直諫、

於憂勤也。」參見〔漢〕毛亨《傳》，〔漢〕鄭玄《箋》，〔唐〕孔穎達《疏》：《毛詩注疏》（上海：商務印書館，1935年），卷一，一之二，頁43。

58 〔明〕王象晉著，〔明〕王登才、韓邦域等批：《萬曆甲午科鄉試硃卷》，姜亞沙、經莉、陳湛綺主編：《中國古代闈墨卷彙編》，第十冊，頁23。

59 侯美珍：〈明代鄉會試詔誥表公文考試析論〉，《國文學報》第62期（臺北：國立臺灣師範大學國文學系，2017年12月），頁127。

60 〔明〕王登才等編：《萬曆二十二年山東鄉試錄》，臺灣學生書局編輯部彙集：《明代登科錄彙編》，第二十一冊，頁11344。

幾經貶謫，殿中侍御史吳中復於嘉祐三年（1058）請召還唐介，唐介復知諫院。[61]故此命題在請舉子就唐介視角，擬寫謝表。

判語五條題目為：信牌、錢法、祭享、夜禁、越訴。[62]

表、判類，屬內科與律令類等官方應用文書，考官在命題方面，較無發揮處，故此節只就王象晉「論」卷作答題分析。

「論」應試文體為古文，相較於第一場的八股文而言，「論」在寫作上有著更大的彈性。萬曆二十二年山東鄉試第二場「論」題目為：「天下萬事有大根本」[63]，舉子需要理解主考官題目中之「根本」，同時發揮自己的才學與識見。王象晉此卷答題如下：

> 論曰：治天下有本，君人者必握本以運，而後可以善天下之治於不窮。……善為天下者，不求治於天下而求治於天下之根本，不泛求根本于萬事，而惟於君心之最關於天下者……先儒有言曰：天下萬事有大根本，正其心之謂也。……一事一根本，合之，萬事一大根本，隨事而圖之者，僅持其末務，自心而正之者，乃得其本根……理萬事在正大根本，而正大根本又在寡欲，何者？……夫惟日慎一日，防乎其防，使情緣物搆毫不入於靈臺，而大根本有不正哉？故曰：大君當防未萌之慾。[64]

---

61 事見《宋史》之〈唐介傳〉、〈文彥博傳〉。參見〔元〕脫脫等撰：《宋史》（北京：中華書局，1085年），卷316，頁10326-10330、頁10258-10260。

62 〔明〕王登才等編：《萬曆二十二年山東鄉試錄》，臺灣學生書局編輯部彙集：《明代登科錄彙編》（臺北：臺灣學生書局，1969年，國立中央圖書館藏本），第二十一冊，頁11345。

63 同前注，頁11344。

64 〔明〕王象晉著，〔明〕王登才、韓邦域等批：《萬曆甲午科鄉試硃卷》，姜亞沙、經莉、陳湛綺主編：《中國古代闈墨卷彙編》，第十冊，頁33-41。按：王象晉「論」硃卷之全文謄錄，參見本文〈附錄三〉。

王象晉此文以「治天下有本，君人者必握本以運」破題，提出國君治
天下有根本，並以「先儒有言曰：天下萬事有大根本，正其心之謂
也。」為論據，王象晉所謂先儒之言，或許從程顥、朱熹而來。程顥
有云：

> 治道亦有從本而言，亦有從事而言。從本而言，惟從格君心之
> 非、正心以正朝廷，正朝廷以正百官。若從事而言，不救則
> 已，若須救之，必須變。大變則大益，小變則小益。[65]

程顥認為治道之本在「格君心之非」，亦即「正心」，君心正則朝廷
正。朱熹亦云：

> 天下萬事有大根本，而每事之中又各有要切處。所謂大根本
> 者，固無出於人主之心術；而所謂要切處者，則必大本既立然
> 後可推而見也……欲正人主之心術，未有不以嚴恭寅畏為先
> 務，聲色貨利為至戒，然後乃可為者。[66]

朱熹認為天下萬事之大根本在人主心術之正，而正心術之法在戒除欲
望。從王象晉答卷來看，王象晉吸收並統整了程顥、朱熹論點，並透
過文理一貫的論述，凸顯自己的獨到見解：從國君正心為大根本來破
題，文末則提出「正大根本又在寡欲」、寡欲之法在「當防未萌之
欲」，並延伸出孟子「養心莫善於寡欲」[67]來扣題作結，使全文收尾相

---

65 〔宋〕程顥：《河南程氏遺書》，同治十二年《六安涂氏求我齋所刊書》本，卷十
　　五，頁26。

66 〔宋〕朱熹：〈答張敬夫〉，《晦庵先生朱文公文集》，同治十二年《六安涂氏求我齋
　　所刊書》本，卷二十五，頁4-5。

67 〔宋〕朱熹著：《四書集注章句‧孟子集注‧盡心下》，頁525。

扣，論述謹嚴有據。

王象晉論卷之答題，是否獲得考官認可呢？可從考官評語得之，考官總評如主考王氏總批：「學富才豪」[68]、「詞蒼調古，精光萬丈」[69]，詩三房同考官劉氏批：「精深豪宕」[70]、本房批[71]：「自立議論，不襲常喙。而縭縭數千百言，無一字不古雅，無一句不警拔，出秦入漢，鑄古融今，非有大學識者不能」[72]，又同考官劉氏於文末有眉批云：「歸之寡欲，得要領矣」[73]可知，王象晉從人主君正心戒欲來回答「天下萬事之大根本」題目，不僅符合了考官評改標準，且其文理之創新、論據之宏博與文氣之雄豪，亦備受考官讚賞。

（三）第三場五策題目與王象晉試卷文旨、扣題技巧

第三場試策五題，五策問題大旨為：第一策問人君正心之要，為人君詳著用觀革心之略、[74]第二策問諸臣議國是之史例，並論述當今群臣當如何以公心議國是、[75]第三策問近年來言路之通暢不及昔時之緣由、[76]第四策問荒年發倉如何做到無弊端、[77]第五策問國家如何節

---

68 〔明〕王象晉著，〔明〕王登才、韓邦域等批：《萬曆甲午科鄉試硃卷・總評》，姜亞沙、經莉、陳湛綺主編：《中國古代闈墨卷彙編》，第十冊，頁6。

69 同前注，頁4。

70 同前注，頁3。

71 按：鄉會試考官分房批閱考卷，故稱考官所在的那一房為本房。

72 〔明〕王象晉著，〔明〕王登才、韓邦域等批：《萬曆甲午科鄉試硃卷・總評》，姜亞沙、經莉、陳湛綺主編：《中國古代闈墨卷彙編》，第十冊，頁6。

73 同前注，頁40。

74 〔明〕王登才等編：《萬曆二十二年山東鄉試錄》，臺灣學生書局編輯部彙集：《明代登科錄彙編》（臺北：臺灣學生書局，1969年，國立中央圖書館藏本），第二十一冊，頁11345-11348。

75 同前注，頁11348-11350。

76 同前注，頁11351-11352。

77 同前注，頁11353-11355。

財用。[78]首先就第一策題目分析其命題意旨,題目如下:

> 問漢儒董仲舒有言:「人君正心,以正朝廷,以正四方,故陰
> 陽和而風雨時,群□[79]和而萬物殖,⋯⋯豈帝王德業與天並
> 運,習以為常道固然歟?抑端本清源,進此而有說也。諸士其
> 為我詳著用觀革心之略焉。[80]

第一策問題從人君有正己心之認知,而請舉子為人君擬定觀心、正心
之略。這題與第二場的「論」題:「天下萬事有大根本」,可說是相承
相應。學子若能理解考官所重在「正文體,正人心」,那麼脫穎而出
的可能性就增加了。王象晉此卷起首即寫道:

> 帝王所以握符秉籙、神聖而乂蒼黎者,豈徒躬脩玄默、端拱無
> 為,而於天下漫不事事乎?以神運天下則道在務學,以形勑天
> 下則道在勤政。顧閱史披圖特學之一節,而淪神悚志乃學之大
> 原;條法申憲僅政之具文,而計治省躬乃政之實益。⋯⋯[81]

王象晉應策開篇即提出帝王治天下觀心、正心之略在「務學」、「勤
政」,並接著說明其淪神悚志、計治省躬的功效,扣題清晰、有力。
副考官韓氏眉批云:「詞富氣昌,才思軼群」[82],同考官劉氏眉批云:

---

78 同前注,頁11355-11357。

79 按:原卷文字脫漏不清,無法識別,以「□」符號表示。

80 〔明〕王登才等編:《萬曆二十二年山東鄉試錄》,臺灣學生書局編輯部彙集:《明
代登科錄彙編》(臺北:臺灣學生書局,1969年,國立中央圖書館藏本),第二十一
冊,頁11345-11348。

81 〔明〕王象晉著,〔明〕王登才、韓邦域等批:《萬曆甲午科鄉試硃卷》,姜亞沙、經
莉、陳湛綺主編:《中國古代闈墨卷彙編》,第十冊,頁53。

82 同前注,頁53。

「不類書生口吻」[83]這是對王象晉應策內容之精切、有奇思、思慮恢弘的肯定。

王象晉第二策論國是，此篇被選錄為《萬曆二十二年山東鄉試錄》第二策範文。[84]王象晉第二策答卷云：

> 定國事者，當與眾共之，不當以眾撓之；當以天下之公心裁斷之，不當以一人之私心參與之。何則？國于天地，必有與立。有變而不可常者，人心也；有定而不可搖者，國是也。……人心、國是兩者，蓋相觭重。而人心尤要。……愚以為欲定國是，先正人心，而人心之正，又非可以威籠術愚也，莫要於大臣秉公心，而群臣核實政。……政秉公則浮談自消，核實則虛文自戢，如是而國是有不定者哉。乃其本則在皇上……而今日之國是，昭昭然揭日月而行矣。[85]

王象晉時策立論，即緊扣國君以公心定國是之意。從此卷之總評來看，第三房本房批：「才橫識到，筆古調高，博雅君子」[86]、副考官韓批：「及論國是，論諫獨依忠厚而黜激烈，此之為忠懇乃在折檻捧裾之右。迨譚吏治、譚國蠹，鑿鑿中膏肓，能令老吏警詫，委心聽計，辨哉足雄視詞場矣」[87]；另，考試官劉氏眉批：「闡揚國是，直窺究

---

83 同前注，頁53。

84 〔明〕王登才等編：《萬曆二十二年山東鄉試錄》，臺灣學生書局編輯部彙集：《明代登科錄彙編》（臺北：臺灣學生書局，1969，國立中央圖書館藏本年），第二十一冊，頁11446-11463。

85 〔明〕王象晉著，〔明〕王登才、韓邦域等批：《萬曆甲午科鄉試硃卷》，姜亞沙、經莉、陳湛綺主編：《中國古代闈墨卷彙編》，第十冊，頁61-70。

86 同前注，頁7。

87 同前注，頁8-9。

竟」、「勘得極破」⁸⁸。由此可知，治國從「正心」立意，仍與「正人心」的甄試原則相呼應。

從選題角度來考察，參照主考官王登才〈序〉、副考官韓邦域〈後序〉的選士原則，可以發現，此次鄉試三場之命題與選士有著一貫性，依循了萬曆十五年〈乞正文體疏〉之「正文體，正人心」觀點，且與古文的「文道合一」觀念相應。

四　王象晉鄉試硃卷之評點分析

王象晉硃卷上有總批、眉批、旁批與圈點，在圈點符號方面，使用了圈（。）點（、）兩種，運用方式則有在文句旁連圈（。。。）、連點（、、、）及圈點交互兼用（。、。、）三種類型。硃卷本身並未說明圈（。）點（、）意涵，筆者對照文意與符號關聯性，推而得之：圈（。）、連圈（。。。）用以標註出文句精采處，亦即警句、佳句之類；點（、）、連點（、、、）用以標示出綱領、脈絡處；圈點交互兼用（。、。、）則表示此處文句兼具有文采與綱領功能。

本節嘗試分析「以古文為時文」技巧的應用情形，對古文技巧的評析，首先依據考官對王象晉第二場論以及第三場策的評點（總評、眉批、旁批），而後歸納出「雅正、精切、宏博、新奇、雄豪」五向度，即文旨雅正莊重、文理切實精確、博學有見識、文思或風格獨到創新、文氣雄渾豪邁等寫作技巧，並從這五向度來考察王象晉時文（以第一場四書、五經文，兼及第二場表、判）之類似評點，以對應王象晉之寫作表現。

以下分別從五向度評點文字切入，並舉王象晉文章：制義（四

88　同前注，頁66、68。

書、詩經）、論、表、判、策等相關原文之字句為例，同時標示出原文評點之圈點符號，將原本置於直式文字右側之圈點符號，改標示於橫式文字之上方，並以文字上方之「。」、「‧」符號，代表原文之圈（。）點（、）兩種符號。[89]。

（一）雅正

雅正，指文旨雅正莊重的寫作技巧。主要寫作表現有二：一為以儒家思想及道德涵養作為行文立意，一為用詞雅重、謹嚴。

1　文旨雅正，有儒家情懷

詩經第四篇題目「角弓其觩」一節，此文起首曰：

> 詩願魯侯之服遠，威而濟之以謀也。夫兵威之盛已足屈其力矣，而又濟之以式固之猷，何淮夷之弗獲哉！魯人願其君以為凡兵之道，戰而後勝，非善也。惟不戰而無不勝，斯善之善焉。吾今知所為我侯顯矣。[90]

副考官韓氏於「戰而後勝，非善也。惟不戰而無不勝，斯善之善焉」眉批：「起得體」[91]。此四句與儒家反對「以力服人」之「霸道」相應，可知「得體」在肯定其立意雅正。

又如王象晉第三策，策問近年來言路通暢不及昔時之緣由，王象晉云：

---

89 按：因應word編輯之「強調標記」僅有「。」、「‧」兩種選擇，姑且用「‧」代表原文之點（、）符號。

90 〔明〕王象晉著，〔明〕王登才、韓邦域等批：《萬曆甲午科鄉試硃卷》，姜亞沙、經莉、陳湛綺主編：《中國古代闈墨卷彙編》，第十冊，頁30。

91 同前注，頁30。

> 皇上初年開不諱之門，伸必然之畫，一時忠讜錄用，正氣發
> 舒。權奸無憑社之雄，貂鐺失依叢之固。海內欣欣焉，庶幾再
> 見祖宗之盛。[92]

此段直接指出言路通暢之關鍵，實在皇帝本身。同考官劉氏眉批：
「雅練」[93]，並圈點「一時忠讜……依叢之固」四句，可知這是讚賞
此四句立意端正，並肯定「權奸……之固」兩句之文詞精煉。王象晉
以昔時皇帝廣開言路及忠臣正氣與權奸失勢之結果為例，採用了今昔
對照、正反對比的寫作手法。

2　文詞典重，扣合文旨

如詩經第二篇題目為「四方之維」，題出自《小雅‧節南山》，依
朱熹《詩集傳》乃「刺王用尹氏以致亂」[94]之意。這是一首由周幽王
朝之家父大夫所作諷詩，斥責執政者尹氏禍害百姓，希望周王追究尹
氏罪則，並任用賢人。王象晉開篇云：

> 大臣之職，內外均賴焉。外之而維四方，內之而毗天子。執謂
> 尹氏也而可不平其心哉！此家父所為刺也。若曰：思昔明盛之
> 世，所為主上無闕失而海宇樂昇平者，寧獨君德茂哉？蓋夾持
> 贊相大臣之力居多焉！尹氏之不平其心，亦未知所任之重乎！[95]

王象晉直接點出詩人指斥尹氏大臣謀事不能公正盡忠，因而失去百姓

92　同前註，頁74。

93　同前註，頁74。

94　〔宋〕朱熹撰：《詩集傳三》，《四部叢刊三編》本，卷十一，頁12。

95　〔明〕王象晉著，〔明〕王登才、韓邦域等批：《萬曆甲午科鄉試硃卷》，姜亞沙、
　　經莉、陳湛綺主編：《中國古代闈墨卷彙編》，第十冊，頁24。

的信任。副考官韓氏眉批：「典雅莊重」[96]、同考官劉氏眉批：「起有源委」[97]，從王象晉文章可知，兩句評語是除了對王象晉此文開篇即能扣題並引用典故，予以肯定之外；其次，「所為主上無闕……大臣之力居多焉」三句在說明大臣之職責在輔佐天子，又回扣起首四句：「大臣之職……內之而毗天子」之意，因結構謹嚴，緊扣君臣關係，故而有莊重之感。

又，表屬應用文書，得宜合體為基本要求。細考王象晉〈表〉硃卷評點，通篇文字皆有圈點，無旁批，然眉批頗多，有主考官王登才批語：「表可則」[98]、「典麗」[99]；有副考官韓邦域批語：「爾雅鏗鏘，得宋人之體」[100]、「何等雅切」[101]；有同考官劉氏眉批：「典切騈麗」[102]。表為上行四六文體，考官批語在重視音調協暢、用字精煉、用語典重方面，具有一致性，亦符合文體本身性質之要求。

（二）精切

精切，指文理切實精確的寫作技巧。主要寫作表現有四：分別為起首破題中的、結語扣題精到、用字精確，詮解透澈、深體文意，由理入情。

1　破題中的，解題精確

《四書》第一篇題目「禮以行之」，王象晉起首二句云：「合眾善

96　同前註，頁30。
97　同前註，頁30。
98　同前註，頁42。
99　同前註，頁46。
100　同前註，頁46。
101　同前註，頁44。
102　同前註，頁43。

以應事，而義其有終矣夫」[103]有同考官劉氏之旁批：「破中的」[104]，而後在文章點題之後，起講之前，有「謂時宜既協則眾動始基」[105]一句，同考官劉氏有眉批：「提入解」[106]，說明自此句開始解題。

　　《四書》第二篇題目「人之於身也」一節，王象晉首句云：「愛身有同情，而善養在自決也。」[107]有主考官王氏之旁批：「破超脫」[108]。這是肯定王象晉破題能在扣題旨前提之下，文思不凡、有創意。

　　詩經第一篇題目「彼君子兮」一節，王象晉首二句云：「詩人自嘆無以來賢，而猶欲曲致其情焉」[109]表達了詩人好賢之嘆以及求賢不得的幽思之情。主考官王氏於首句旁批：「破佳」[110]、王氏又眉批：「發好賢，意婉而舒」[111]。可見王氏十分肯定王象晉此二句破題能有文意委婉、語氣舒緩之效果。

　　詩經第四篇題目「角弓其觩」一節，此題出自《魯頌‧泮水》，依朱熹《詩集傳》，旨在歌頌魯僖公克紹箕裘，平服淮夷，以建功立業。王象晉答卷首句：「詩願魯侯之服遠威而濟之以謀也」[112]扼要扣住詩旨，故主考官王氏旁批：「破妙」[113]。

　　王象晉第二策開頭云：

103　同前注，頁11。
104　同前注，頁11。
105　同前注，頁12。
106　同前注，頁12。
107　同前注，頁17。
108　同前注，頁17。
109　同前注，頁20。
110　同前注，頁20。
111　同前注，頁20。
112　同前注，頁30。
113　同前注，頁30。

定國事者，當與眾共之，不當以眾撓之；當以天下之公心裁斷之，不當以一人之私心參與之。[114]

同考官劉氏於首二句旁批：「開口便異常調」[115]肯定王象晉起首扣題精切而具新意，提出君臣共定國是之見解。起首即為文章定調，為後文鋪墊，提出君主不應以私心治天下，當聽賢納諫、廣開言路之論點。

2 結語扣題，見解精到

《四書》第一篇題目「禮以行之」，王象晉文末寫道：

禮飾而疑於偽，孫順而疑於懦，信實而疑於朴，苟一理弗備，而義即淪於一偏，行之禮而弗繆，出之孫而弗乖，成之信而弗妄。[116]

有同考官劉氏之眉批：「束處雄暢中有精詣，跌蕩中有細密。」[117]
《四書》第二篇〈及其至也 一節〉，文末云：

語能至是，而聖人始不足以窮道體，要之聖人之不能，聖人所不必能者也，即有所不能，不足為聖人病也。然雖聖人所不必能，亦道之所為，簡而能者也。惟不能於聖人而道之無窮亦見矣。[118]

---

114 同前注，頁61。
115 同前注，頁61。
116 同前注，頁13。
117 同前注，頁13。
118 同前注，頁16-17。

有副考官韓氏之眉批：「末二比，欲精欲細，是造詣最純者。」[119]七篇
制義，僅此二處針對「比（八股偶句）」作評，細觀七篇文章，駢偶處
並無制式的結構安置位置或句法上的嚴格相對，往往駢散相間，文意
流暢自然。可見明代所謂八股文，至明萬曆年間，雖偏重「駢偶」修
辭，卻保持彈性。顧炎武《原抄本日知錄》「試文格式」條，講述明初
八股格式發展至嘉靖年間，呈現格式愈來愈寬鬆的趨勢：

> 經義之文流俗謂之八股。蓋始於成化以後。股者對偶之名也。
> 天順以前，經義之文不過敷演傳註，或對或散，初無定式。其
> 單句題亦甚少。……弘治九年會試，責難於君謂之恭文，起講
> 先提三句，即講責難於君四股。中間過接二句，復講謂之恭四
> 股。復收二句，再作大結。每四股之中一反一正，一虛一實，
> 一淺一深。（亦有聯屬二句。四句為對，排比十數對成篇，而
> 不止於八股者。）其兩扇立格，（謂題本兩對文亦兩大對。）
> 則每扇之中各有四股，其次第之法亦復如之。故人相傳謂之八
> 股。若長題則不拘此。嘉靖以後文體日變，而問之儒生，皆不
> 知八股之何謂矣。[120]

　　八股文在嘉靖年間，已非制式生硬的格式，甚至士子「不知八股
之何謂」。從萬曆二十二年山東鄉試的考官之評點重視文意內容甚於

119　同前注，頁16。
120　按：就「楊子常曰：（彝）十八房之刻，自萬曆壬辰《鉤玄錄》始。旁有批點，自
　　　王房仲（士騄）選程墨始。」來看，萬曆壬辰為萬曆二十年（1592年），與後文
　　　「乙卯（嘉靖三十四年，1555）以後，而坊刻有四種」之說，時間上矛盾；又，王
　　　士騄（嘉靖四十五年至曆二十九年，1566-1601），字房仲，明太倉人，王世貞次
　　　子，諸生，以蔭入太學，工制義及古文詞。這裡指出王士騄在程墨上加批點，應是
　　　指圈點之類。〔清〕顧炎武著：〈十八房〉，《原抄本日知錄》（臺北：明倫出版社，
　　　1970年），卷十九，頁472。

形式，實明白可見，或可說這是八股文寫作對古文句法的接受。

3　用字精確，詮解透澈

《四書》第一篇題目「禮以行之」，王象晉寫道：

> 義之為名甚美，而義之為實難副，寧無出身行事，儼然精義之
> 士而考其成相刺繆者乎。又必盟之心，乃見之事，而原其出之
> 所始，要其行之所終，悉以誠信為貫徹，而虛偽祛也，是義之
> 真也。[121]

有同考官劉氏之眉批：「說信處入骨髓，自是神品」[122]、副考官韓氏
之眉批：「字字入髓」[123]兩則皆盛讚王象晉對「信」的詮解深入透
澈。詩經第一篇題目「彼君子兮」一節：

> 吾於君子有重慨焉！何則際強盛之時而經綸播宇內，此君子之
> 願也；而削弱如予，曾足當君子之一願也乎。履富厚之朝而謨
> 謀顯當世，此君子之願也；而式微如予，曾足辱君子之一至也
> 乎。[124]

有副考官韓氏之眉批：「正是如此作，一能体貼詩人意。」[125]以「體貼
詩人意」，說明其能精確理解詩旨意涵。第二策論國是，王象晉云：

---

121 〔明〕王象晉著，〔明〕王登才、韓邦域等批：《萬曆甲午科鄉試硃卷》，姜亞沙、
　　經莉、陳湛綺主編：《中國古代闈墨卷彙編》，第十冊，頁12-13。
122 同前註，頁12。
123 同前註，頁13。
124 同前註，頁21。
125 同前註，頁21。

嗚呼！國是至此，是于何有？其敝皆起於廟堂之上，兢敢言之名而無效職之實，乏公溥之量而多忮忌之慮。乏公溥則雅度不足鎮物，而多忮忌則眾人得以投間抵隙而肆其中。傷兢敢言之名，則君子未必盡售；而無效職之實，則小人益以駕言借口而鼓其胸臆。詩稱作舍，書戒弗詢，悠悠之談，職此為屬矣。[126]

此段分析朝廷之上，朝臣未能公忠體國，而徇私失職之弊。同考官劉氏眉批：「闡揚國是，直窺究竟」[127]肯定其能精確剖析利弊。再者，同一篇又云：

愚以為欲定國是，先正人心。而人心之正，又非可以威籠術愚也。莫要於大臣秉公心，而群臣核實政。夫人實有心不可強也，人實有口不可防也。苟我之舉動稍有私忒，則眾且以為囮[128]，眾且以為招，眾且以為口實而逞其訾議，吾不與之角於唇吻，惟集議以盡天下之心，持正以立天下之極，空空洞洞，不為畛域，蕩蕩平平不為偏曲。我不畛域，人孰間之，我不私曲，人孰伺之，有不師師濟濟以相協恭者乎，是之謂秉公心。[129]

此段直接點出「為欲定國是，先正人心」，與此次鄉試主考官王登才〈序〉、副考官韓邦域〈後序〉及萬曆十五年〈乞正文體疏〉之「正文體，正人心」理念，完全相應。故同考官劉氏有眉批：「秉公核實

---

126 同前注，頁66-67。

127 同前注，頁66。

128 按：通「訛」。

129 〔明〕王象晉著，〔明〕王登才、韓邦域等批：《萬曆甲午科鄉試硃卷》，姜亞沙、經莉、陳湛綺主編：《中國古代闈墨卷彙編》，第十冊，頁67-68。

則救時第一良策」[130]盛讚其「人心關乎國是」之論。

4 深體文意，由理入情

詩經第一篇題目「彼君子兮」一節，王象晉寫道：

> 雖賢人不以致味為恭，然當莫肯適我之時，而油然一臨睍焉，
> 亦予之至望也。而今且何自也，形跡相睽，已大負予樂道之雅
> 意，倘一飲食而亦無由致也，則清光在望，徒慨予美之一方，
> 精神弗契已甚孤，予慕德之夙心，倘欲飲食而且莫之能也，則
> 惆悵天涯益增我心之菀結。[131]

同考官劉氏有眉批：「揣摩至此，一字一淚，文成可嘔血也。」[132]這
是能因理入情，透過對文理的精確掌握，進一步將同情共感的體會，
化為文字，內容博贍，而引發共鳴。

（三）宏博

宏博，指論據博學或思考深遠的寫作技巧。主要寫作表現有三：
引經據典，內容博贍、結語點旨，拓展深度、結合史事，加強論證。

1 引經據典，內容博贍

《四書》第二篇題目「人之於身也」一節，王象晉起首寫道：

> 聖人無全能，而道之費見矣。夫能至聖人極矣而胡猶有不能哉？

---

130 同前注，頁67。
131 同前注，頁22-23。
132 同前注，頁22。

則道之費，又出於聖人之外也。中庸意曰：道以人為附麗，非
人人可與能者哉！固非能不足以見道，即能亦不足以盡道。[133]

主考官王氏之眉批：「言言實」[134]副考官韓氏眉批：「典贍有則」[135]這
是重視行文雅重，引經據典，以增加文深度與廣度。

王象晉「論」主旨在「天下萬事有大根本，在正其心」，並進而
闡發其意。主考官王氏針對全文有眉批：「融鑄百家，而波濤疊疊、
雄奇莫遏，讀之令人神飛」[136]又：

紀綱法度，惟吾修明禮樂在精神心術之正，觀化理之原，晤微
顯之幾，絕佚慾之萌，慮好令之趨，嚴慎獨之戒，謹聰明之用
事，有在于參錯幾務也者。其大根本心之勤勵，即雞鳴未奏，
庭燎未設，叢挫紛沓未至，而一念宵旰無即于逸事，有在於激
勸化誨也者。其大根本在心之公慎，即司勳未列，匪頒未行，
師甸圉土未恥，而一念蕩平無牽於私事，有在於緩義蒼黎也
者。其大根本在心之慈惠，即函雅未御，司祿未祈，蠲租罷役
之詔未下，而一念惻怛，無傷于苛，事有在於靈承苾芬也者。
其大根本在心之明信，即牲牷未奉，醴齊未呈，萬舞未奏，太
史卜祝之倫未列左右，而一念溫恭無涉于怠事，有在於消弭釁
孽也者。其大根本在心之愻勑，即讒慝未伺，鈴柝弗警，鹿馬
之奸未作，狎暱之竇未開。[137]

---

133 同前注，頁14。
134 同前注，頁14。
135 同前注，頁14。
136 同前注，頁33。
137 同前注，頁34-35。

主考官王氏眉批：「森森武庫」[138]，盛讚其博學。而「其大根本心之勤勵，……，狉喔之竇未開」一段，以大根本在心之勤勵、在心之公慎、在心之慈惠、在心之明信、在心之愍勅，深入說明「心」為萬事萬物之大根本之原因，不僅文理豐贍，並以駢偶句加強氣勢，闡發文義，合乎儒家思想，故副考官韓氏有眉批：「贍而有體」[139]贊語。

2　結語點旨，拓展深度

《四書》第一篇題目「禮以行之」，王象晉文末寫道：

> 而要之，禮孫信亦非判然離也，禮非儀文，唯心之品式；孫非卑詘，惟心之謙沖。總之偽爾，一載則百行皆虛真心，一立則隨施輒善。信也者又義禮孫之要也。故曰君子誠之為貴。[140]

有同考官劉氏之眉批：「結有歸宿」[141]又有主考官王氏之眉批：「泉湧淵涵，非淺學可到」[142]要求文章能在總結時，緊密扣住主旨，佐以學識，使文理更具深度，則更形出色。

3　結合史事，加強論證

王象晉第二策寫道：

> 思昔唐虞盛際，四岳布席，不忘衢室之詢，五臣在朝，時切總章之訪，明良喜起賡歌颺言，則以君臣上下一德一心，至今稱

---

138 同前注，頁34。

139 同前注，頁35。

140 同前注，頁13-14。

141 同前注，頁13。

142 同前注，頁13。

> 隆也。我國家稽古建制，廣益集思，草昧勍勷收戡定之勳席，
> 安履平致熙洽之績，一時國是奠四維而較畫一，蓋諸臣同心之
> 議居多哉。[143]

這是以三代史事來佐證論點，故同考官劉氏有眉批：「出秦入漢，鑄
史鎔經」[144]又曰：「可做魁元」[145]可知時務策，若能以古為鑑，更能
知興替、得失之鑰。

（四）新奇

新奇，指文思或風格獨到創新的寫作技巧。寫作表現方面有二：
文思新穎、修辭奇美。

1 文思新穎

王象晉「表」之題目為：「擬從宋御史吳中復請召還唐介知諫院
謝表嘉祐三年」。唐介（1010-1069，字子方），敢言直諫，「直聲動天
下，士大夫稱真御史，必曰唐子方而不敢名」[146]。因極諫被貶，殿中
侍御史吳中復於嘉祐三年（1058）請召還唐介，唐介復知諫院。王象
晉所擬謝表，開篇云：

> 伏以運啟休，明聖主軫論思之舊，時當豐泰，微臣驚恩寵之
> 新，式昭使過之仁，丕作敢言之氣，豈曰：臣能悟主，論事回

---

143 同前注，頁62-63。

144 同前注，頁62。

145 同前注，頁62。

146 事見《宋史‧唐介傳》。參見〔元〕脫脫等撰：《宋史》（北京：中華書局，1085
　　年），卷316，頁10327。

天？允是帝樂昌言與人為善，撫躬淵隕，拜命冰兢。[147]

以唐介因諫得罪，又復知諫官的經歷，先感謝皇帝任用將功補過的自己之仁心，再盛讚皇帝具有接納諫言之「與人為善」美德。如此，開篇扣住感謝皇帝起復知諫院之恩，並從御史職責立論，一方面真誠表達自己剛正諫諍之秉性與忠心；一方面則勸勉皇帝接納諫言。主考官王氏眉批：「不襲陳言，而音響自是不凡」[148]，盛讚其文有新意，且有文采聲韻之美。同考官劉氏眉批：「首起一字不可易」[149]可見舊題新意，能使文章更具風采。

2 修辭奇美

又如《四書》第一篇題目「禮以行之」，王象晉寫道：

嘗謂夫人以身任天下事，孰不期於盡善？願挾片長以當幾，而眾美未會，即果於自任，亦一義之偶合耳。君子獨義以為質。[150]

有副考官韓氏眉批：「雄詞逸度，警思精詣」[151]又，王象晉的「表」有云：

懸進善之旌，止受言之肇，恢恢大度同天高地厚以難名；黜憑

---

147 〔明〕王象晉著，〔明〕王登才、韓邦域等批：《萬曆甲午科鄉試硃卷》，姜亞沙、經莉、陳湛綺主編：《中國古代闈墨卷彙編》，第十冊，頁41-42。
148 同前注，頁42。
149 同前注，頁42。
150 同前注，頁72。
151 同前注，頁11。

社之蠹，獎排閹閣之忠，蕩蕩清朝配日照月臨而共終。[152]

韓邦域眉批：「英詞灝氣，愈出愈奇」[153]，韓邦域注意到王象晉修辭技巧，能以精美而嚴謹的對句，扣住臣下進諫之忠誠，故稱讚其修辭技巧之「奇」。

（五）雄豪

雄豪，指文氣雄渾豪邁的寫作技巧。寫作主要表現有三：文意轉折，波瀾有致、排比層疊，語氣貫注、文氣變化，有唐宋古文之風。

1 文意轉折，波瀾有致

《四書》第一篇題目「禮以行之」，王象晉寫道：

> 義主於斷，能無襲義之跡而行則偏倚者乎，以經緯之章，融徑情之失，蓋本其中正之禮以時措而即文昭也，是義之中也；義主於嚴，能無為義所激而出則急遽者乎，以樂易之念；消直遂之愆，蓋率其不迫之孫，以妙運而雍容著也，是義之和也。[154]

主考官王氏之眉批：「義主斷、主嚴，何等的確且句掉」[155]有副考官韓氏之眉批：「非特句掉，且見思深」[156]「句掉」為轉折之意，兩位考官，皆肯定重視文意轉折波瀾的效果。另一方面，又可見出考官在給評語時，後評者似乎會參考前評者意見。

---

152 同前注，頁48-49。
153 同前注，頁48。
154 同前注，頁12。
155 同前注，頁12。
156 同前注，頁12。

　　王象晉「論」一文，主考官王氏於文章開頭有眉批：「融鑄百家，而波濤疊疊、雄奇莫遏，讀之令人神飛」[157]這是考官認為王象晉在內容方面能出入古今、博學有識，尤其盛讚其章法結構之轉折波瀾，故而有雄渾氣勢。

2　排比層疊，語氣貫注

　　王象晉〈論〉多用排比句來增強文勢，王象晉〈論〉寫道：

> 析之，一事一根本；合之，萬事一大根本。隨事而圖之者，僅持其末務；自心而正之者，乃得其本根。持其末務者，用力煩而成功寡；握其本根者，用刑政惟吾振舉賞罰教化，惟吾統攝農桑耕鑿，惟吾勸率百靈九祐，惟吾饗格窮陬僻壤之氓以及九譯百蠻之長，惟吾奠麗而駕馭。如曰守其一掬而不適于大通，其無乃迂儒拘曲無當大計。[158]

此段以萬事萬物之根本為論點，以「自心而正之者，乃得其本根，持其末務者，用力煩而成功寡」，接著運用了「惟吾振舉……，惟吾統攝……，惟吾勸率……，惟吾饗格……，惟吾奠麗……」排比句法，進一步闡發「握其本根者」之效，一氣直下，理脈連貫。故而主考官王氏有眉批：「氣至此，如百川赴東海」[159]

　　王象晉〈論〉也運用正反對比，透過對比張力，增強文勢，如：

> 藉令不於大根大本圖之而日敝敝焉為天下役，吾恐天下之事方

157　同前注，頁33。

158　同前注，頁36-37。

159　同前注，頁36。

且離而不貫，渙而不屬，紛拏焉而不可救藥；於是牀笫有泣夜
之讒，嬪御有狐媚之惑，近習有煬竈之蔽，朝紳有朋黨之釁，
閭巷有啼號之慘，強梁有跋扈之志，狡夷狂虜有睥睨窺伺之
漸。如是而欲天下久安長治，未之嘗有！則孰知根本一不正而
天下遽至此極哉！[160]

此段從反面闡發，根本不固之弊，列舉牀笫之讒、嬪御之惑、煬竈之
蔽、朋黨之釁、閭巷之慘、強梁之志、狡夷狂虜之漸等禍害，氣勢充
沛，有警醒之效果。故而同考官劉氏有眉批：「有排山倒海之勢」[161]
可見論文重視鋪敘效果與雄健氣勢。又，王象晉〈論〉寫道：

惟獨智之主，知事不啻萬，而本則惟一。吾持其萬而略其一，
則事日以棼亂，吾執其一以御其萬，則天下自絲聯繩貫而就吾
綜理。故所志者在救寧之理，而所急者在淵蜎之攝，所圖者在
登弘之化，而所先者在培養之務，所經營冀望者在宗社靈長之
計，而所兢兢皇皇者力省而見效多。譬之樹木者，培植既固，
而柯幹枝葉日以敷榮；譬之濬水者，源泉既通，而混混汩汩洶
湧奔放，歷百折萬派而不可壅閼。蓋功豫於黻扆尊嚴之地，化
行於畿甸要荒之外，養密于神明幾希之內，幾通於林總紛藉之
眾，計定于旦暮几席之近，業覃於百千萬禩之後。[162]

此段以「所志者……」、「所急者……」、「所圖者……」、「所先
者……」、「所經營冀望者……」、「所兢兢皇皇者……」之捨本逐末之

---

160 同前注，頁37-38。
161 同前注，頁38。
162 同前注，頁38-39。

所為，作為「根本不正」之反面論述，文意直下，纍纍如貫珠。再以樹木、瀦水為譬喻，說明君心為根、為源，根固、源通則國家穩固強盛，使論述更具體而貼切。接著以「功豫於⋯⋯」、「化行於⋯⋯」、「養密于⋯⋯」、「幾通於⋯⋯」、「計定于⋯⋯」、「業鞏於⋯⋯」之各個層面，說明根本固的正面成效。整段氣勢雄渾，文理連貫，句法駢散相間，靈活生動。針對此段文句，同考官劉氏眉批：「純是古文」[163] 由此可知，運用排比、轉折（正反對比）是古文寫作的關鍵技巧。

考察王象晉四書第二篇之本房總評曰：「氣象軒翥，格局堂皇」[164]、詩經第四篇之本房總評曰：「氣雄詞麗，精光燁燁，名言纍纍」[165]；王象晉五策，主考官總評曰：「五策博綜今古，鎔鑄子史，筆落珠璣，勢雄雷電，正大則董，激切則賈，暢沛則蘇，溫厚則歐」[166]。由此可見，鄉試三場寫作，在文氣（氣勢、文勢、氣象）方面，皆十分重視雄渾氣勢。如此，將古文寫作技巧運用於時文，亦屬自然。

3　文氣變化，有唐宋古文之風

王象晉〈論〉首段先點出君主必握本以治天下，接著從君主縱欲怠政之假設切入，繼續深化論點，說道：

> 苟為之君者，泄泄然怠荒縱恣，是躭是溺，視天下事若秦越人視肥瘠，漠然不加喜戚，則天下幾何而能治？即不然，而斤斤乎簡而櫛之，比而數之，毗于陽，毗于陰，馳志總攬而于根本漫不加意，則亦徒敝精神於無用耳。以此求治，不亦難哉？善

163　同前注，頁39。
164　同前注，頁5。
165　同前注，頁5。
166　同前注，頁9。

為天下者，不求治於天下而求治於天下之根本，不泛求根本于
萬事而惟於君心之最關於天下者，先萬事而約之正。由是根本
既正，萬事自理，天下之大，將惟吾所為而靡不如意。[167]

此段以「苟為之君者」假設性立意，說明君主怠惰縱欲則天下不治；
接著以「即不然」從另一角度來設想，君主若未能掌握根本則將耗費
精神、徒勞無功；再接著提出「善為天下者」之方，以「不求治……
而求治於……，不泛求……而惟於君心……」之正反對比與層遞句
法，說明君心為治天下之根本。副考官韓氏眉批：「溫醇似韓，雄暢
似蘇，此東海精特，吾不敢以章縫[168]伍之」[169]可見論述時若加上假設
性角度，運用虛實交錯手法，不僅可拓展思考面向，亦可變化文氣，
使文氣緩和，產生餘韻。此亦即韓氏所評「溫醇似韓」之意。至於韓
氏所評「雄暢似蘇」，是指文意在虛實交錯中，採用了設問：「則天下
幾何而能治？」、「以此求治，不亦難哉」以及否定文句：「即不然」、
「馳志總攬而于根本漫不加意，則亦徒敝精神於無用耳」、「不求治
於……，不泛求根本于……」、「將惟吾所為而靡不如意」等，增強文
意，並產生雄健文氣。因此可知，副考官韓氏是細繹修辭、文意轉
折、語調等，而得出「溫醇」、「雄暢」兼有之評。

可見，從第一場的以代聖人立言的駢偶形式為主的典重文體，到
第貳場的「論」，雖然文章核心思想仍以儒家思想為依歸，但評閱者

---

167 同前注，頁33-34。
168 按：章甫，禮冠。縫掖，袖子寬大的衣服。章甫縫掖指儒者的服飾。〔明〕程登吉
  著：《幼學瓊林》：「簪纓縉紳，仕宦之稱；章甫縫掖，儒者之服。」參見〔明〕程
  登吉著，〔清〕鄒聖脈增補，胡遐之點校：《幼學瓊林》，（長沙：岳麓書社，2002
  年），卷二‧衣服類，頁99。
169 〔明〕王象晉著，〔明〕王登才、韓邦域等批：《萬曆甲午科鄉試硃卷》，姜亞沙、
  經莉、陳湛綺主編：《中國古代闈墨卷彙編》，第十冊，頁33。

則欣賞能鎔鑄唐宋古文家文風及技巧的寫作方式。

五　結語

從科舉文風與文道觀的關係來看，明代鄉試的時文、古文在文道觀方面，皆強調「正文體、正人心」觀點，重視「文道合一」。從萬曆二十二年山東鄉試命題與王象晉答題技巧的關聯性來看，不僅第一場的《四書》、《詩經》命題，皆偏向道德涵養，第二、三場命題，亦可說與「正文體、正人心」相呼應。

從「雅正、精切、宏博、新奇、雄豪」五向度，分析古文常見寫作技巧在王象晉三場應試寫作的表現，可以發現，不論古文或時文，考官皆關注到此五向度的評分規準。

是故，從文道觀與寫作技巧之考察結果可知，在辭章的立意、修辭、結構、風格等方面，古文與時文本來就具有相通之處，「以古文為時文」其實可說是自然而然的寫作手法。

至於王象晉如何看待舉業與文學兩者呢？王象晉詩文集《賜閑堂集》[170]收有〈舉業津梁序〉一文，全錄於下：

> 科第一事，士人本業。世有孜孜矻矻，未易成功者，非秫術之難工，則門路之未正也。因思少年習業，備聞庭訓，筆之於冊，用示後人良以祖宗世業。至近歲，幾成一阨，思欲振家聲，綿世澤，非提醒後人共延文脈，何以見祖宗於地下，故拭目搦管，勉書數語，使後人有所遵循，以仰副式穀之厚望，就中皆家常

---

170 〔明〕王象晉著：《賜閑堂集》，清順治間原刊本，臺北故宮博物院善本藏書，共四冊，書目編號：平圖017159-017162。臺北國家圖書館有該書善本微片，索書號402.6 12974，v.1-v.4。

語，只可自觀，勿以示人，恐貽笑大方，謂平平無奇也。[171]

王象晉晚年編定了《舉業津梁》[172]一卷，其用心在諄諄教誨子孫「科第一事，士人本業」，期勉子孫須用心舉業，恪盡讀書本分，尤須慎防習業「門路之未正」，方能順利登科，以延續家族科舉文脈，故藉此書傳授自己少年習舉業經驗，使子孫有所遵循，進而光耀門楣。王象晉對舉業的關心，可見於詩文，如從弟王象艮（1516-1642，字介石，號定宇）於萬曆四十七年（1619）參加廷試後，於京師待選，王象晉於〈懷定宇弟待補國學〉七律詩有云：

為問廣文旟若何，京華歲月易蹉跎。
聲名應共文名重，酒債何如詩債多。[173]

王象晉指出科舉仕進之心與文學涵養可相輔相成，「聲名應共文名重」。王象晉次子王與胤（1589-1644，字百斯）於崇禎元年（1628）中進士，王象晉有〈諸子應舉詩以勵之〉，題下有〈序〉：「是秋胤兒中第十名，次年聯第」，詩云：

頭顱如許未知名，莫遣儒冠誤一生。燦爛青箱原世業，馨香丹桂正芳榮。要將名姓魁桑梓，好把文章壓俊英。寄語兒曹各努

---

171 〔明〕王象晉著：《賜閒堂集》，（臺北：故宮博物院），清順治間原刊本，卷三，序，頁30-31。

172 《舉業津梁》一卷，清米拜山房抄本，藏北京大學圖書館。此卷次、藏館、版本資料，參考賀琴：《明清時期山左新城王氏家族文學研究》（濟南：山東大學博士論文，2015年），頁147及鄒一鳴：《王象晉研究》（淄博：山東理工大學碩士論文，2018年），頁27。按：囿於臺灣未有相關藏書，故筆者目前未能親見其書內容。

173 同前注，卷一，七言律詩，頁2。

力，皇家羅網正恢宏。[174]

王象晉期勉子孫勉勵讀書，將「舉業得科名」與「文章壓俊英」等同看待。從中可知王象晉舉業觀與文學觀是調和的，並與家族教育密切相關。王象晉晚年作〈言志〉：「戚友相親暱，西塾課兒孫」[175]，顯示王象晉不僅有著肩起家塾教育的使命感，更具備舉業教學的方法與能力。

　　由於王象晉出自山東新城科舉家族，其面對「舉業」態度，不僅是透過「舉業」達到「學而優則仕」的人生目標，更將舉業與文學相扣合。若從本論文之文道觀與「以古文為時文」寫作應用的研究結果來看，或許能提供我們對明清文人的時文觀與古文觀，有另一角度的觀察與體會。

174　〔明〕王象晉著：《賜閒堂集》，（臺北：故宮博物院），清順治間原刊本，卷一，七言律詩，頁4。
175　同前注，卷一，五言古風，頁1。

參考文獻

〔漢〕毛　亨《傳》，〔漢〕鄭玄《箋》，〔唐〕孔穎達《疏》：《毛詩注
　　　疏》，上海：商務印書館，1935年。

〔唐〕房玄齡等撰：《晉書全十冊》，北京：中華書局，1974年。

〔後晉〕劉　昫等撰：《舊唐書‧李林甫傳》，《文淵閣四庫全書》，臺
　　　北：臺灣商務印書館，2008年。

〔宋〕程　顥：《河南程氏遺書》，同治十二年《六安涂氏求我齋所刊
　　　書》本。

〔宋〕陳振孫：《直齋書錄解題》，《文淵閣四庫全書》，臺北：臺灣商
　　　務印書館，2008年。

〔宋〕朱　熹：《晦庵先生朱文公文集》，同治十二年《六安涂氏求我
　　　齋所刊書》本。

〔宋〕朱　熹：《四書集注章句》，臺北：國立臺灣大學出版中心，
　　　2016年。

〔宋〕朱　熹：《詩集傳》，《四部叢刊三編》本，中華學藝社借照東
　　　京靜嘉堂文庫藏宋本。

〔宋〕李　綱撰，鄭明寶整理：《建炎進退志》，《全宋筆記》，鄭州：
　　　大象出版社，2019年，第三〇冊。

〔元〕脫　脫等撰：《宋史》，北京：中華書局，1085年。

〔明〕俞汝楫編：《禮部志稿》，《文淵閣四庫全書》，臺北：臺灣商務
　　　印書館，2008年。

〔明〕王登才等編：《萬曆二十二年山東鄉試錄》，明萬曆間刊本。臺
　　　灣學生書局編輯部彙集：《明代登科錄彙編》，臺北：臺灣學
　　　生書局，1969年，國立中央圖書館藏本，第二十一冊，頁
　　　11318-11528。

〔明〕嚴　嵩等編：〈嘉靖十七年進士登科錄〉，明嘉靖間刊本。臺灣
　　　學生書局編輯部彙集：《明代登科錄彙編》（臺北：臺灣學生
　　　書局，1969，國立中央圖書館藏本），第九冊，頁4429-4663。

〔明〕王象晉著，王登才、韓邦域等批：《萬曆甲午科鄉試硃卷》，明
　　　萬曆刊本，收錄於姜亞沙、經莉、陳湛綺主編：《中國古代
　　　闈墨卷彙編》，北京：全國圖書館文獻微縮複製中心，2009
　　　年，第十冊，頁1-92。

〔明〕王象晉：《賜閑堂集》，清順治間原刊本，臺北故宮博物院善本
　　　藏書，共四冊，書目編號：平圖017159-017162。臺北國家
　　　圖書館有該書善本微片，索書號402.6 12974，v.1-v.4。

〔明〕程登吉著，〔清〕鄒聖脈增補，胡遐之點校：《幼學瓊林》，長
　　　沙：岳麓書社，2002年。

〔清〕王士禛撰，孫言誠點校：《王士禛年譜（附王世祿年譜）》，北
　　　京：中華書局，1992年。

〔清〕張廷玉等撰：《明史‧選舉志》，北京：中華書局，1974年。

〔清〕黃虞稷著：《千頃堂書目》，欽定四庫全書本。

〔清〕黃虞稷著：《千頃堂書目三十二卷》，上海：上海古籍出版社，
　　　2001年。

寧波市天一閣博物館整理：《天一閣藏明代科舉錄選刊‧鄉試錄》，寧
　　　波：寧波出版社，2010年。

〔清〕顧炎武：〈十八房〉，《原抄本日知錄》，臺北：明倫出版社，
　　　1970年。

伊丕聰編著：《王漁洋先生年譜》，濟南：山東大學出版社，1989年。

周　勇：〈明代古文與八股文關係新論〉，陳文新、余來明主編：《科舉
　　　文獻整理與研究：第八屆科舉制與科舉學國際學術研討會論
　　　文集》，武漢：武漢大學出版社，2013年，頁138-147。

侯美珍：《明代鄉會試《詩經》義出題研究》，臺北：臺灣學生書局，
　　　　2014年。

侯美珍：〈明代鄉會試詔誥表公文考試析論〉，《國文學報》第62期，臺
　　　　北：國立臺灣師範大學國文學系，2017年12月，頁125-158。

姜亞沙、經莉、陳湛綺主編：《中國科舉錄彙編》，北京：全國圖書館
　　　　文獻微縮複製中心，2010年。

陳滿銘：〈論讀、寫互動〉，畢節師範高等專科學校：《畢節師範高等
　　　　專科學校學報》第23卷第2期，2005年6月，頁1-8。

陳滿銘：《意象學廣論》，臺北：萬卷樓圖書公司，2006年。

張　敏：《明清時期山東新城王氏家族文化研究》，瀋陽：遼寧大學碩
　　　　士論文，2014年。

張　杰：〈朱卷與《清代硃卷集成》的文獻價值〉，陳文新、余來明主
　　　　編：《科舉文獻整理與研究：第八屆科舉制與科舉學國際學術
　　　　研討會論文集》，武漢：武漢大學出版社，2013年，頁272-
　　　　278。

賀　琴：《明清時期山左新城王氏家族文學研究》，濟南：山東大學博
　　　　士論文，2015年。

錢茂偉：《國家、科舉與社會：以明代為中心的考察》，北京：北京圖
　　　　書館出版社，2004年。

鄒一鳴：《王象晉研究》，淄博：山東理工大學碩士論文，2018年。

黃明光：《明代科舉制度研究》，桂林：廣西師範大學出版社，2000年。

顧廷龍主編：《清代硃卷集成》，臺北：成文出版社，1992年。

鄺健行：〈明代唐宋派古文四大家「以古文為時文」說〉，香港中文大
　　　　學：《中國文化研究所學報》，第22卷，1991年，頁219-232。

龔篤清：《明代科舉圖鑑》，長沙：嶽麓書社，2007年。

龔篤清：《八股文百題》，長沙：嶽麓書社，2009年。

附錄一

王象晉：〈萬曆甲午科鄉試硃卷〉三場卷前總批

圖　王象晉：〈萬曆甲午科鄉試硃卷〉卷前總批全文書影

卷前總批全文[176]

詩三房同考試官劉批

此卷高標磊落，宿抱□醇，其色蒼然，其詞爛然，隨筆吞吐，□□不佳。論精深豪宕，表典麗精工，判中□，五策學富才雄，思深調古，議論有條，□畫中肯，得士如此，可以慰矣。

考試官韓批

作不爭奇，兢兢守格，然不以格□我特以□□□□自超□□□□□□矣。至其□□處，可泣鬼神，當是仙品。

考試官王批

此卷氣局宏博，思致淵邃，瑩徹精鍊如南金荊玉，特見新裁，飄飄欲仙。論詞蒼調古，精光萬大；表典麗；判核當；五策上諳國事，下悉民艱，奇偉雄博，條達覈當，是書生而素裕經濟者，非凡品也。吾將以大受期之。

第壹場本房批[177]

一、思沉語雅，鋒鍔斂藏而精光品自露，一字一金，讀之暢然。

二、氣象軒翥，格局堂皇，思致透露。

176　〔明〕王象晉著，〔明〕王登才、韓邦域等批：《萬曆甲午科鄉試硃卷》，明萬曆刊本，收錄於姜亞沙、經莉、陳湛綺主編：《中國古代闈墨卷彙編》，第十冊，頁3-9。按：筆者謄錄全文，並加標點。原文標示符號說明：原卷文字脫漏不清，無法識別，則以「□」符號表示；圈點符號標示於文字上方，分別以「。」、「・」代表原文之圈（。年）點（、年）兩種符號。以下附錄二、附錄三之標示符號相同，不另作注。

177　按：鄉會試考官分房批閱考卷，故稱考官所在的那一房為本房。

三、沉涵嚴練，語俱獨搆。

四、機圓神王，摹寫人情極透。

五、責望處宛如面語，而詞更濃郁。

六、頌文德，刻畫自然。

七、氣雄詞麗，精光燁燁，名言纍纍。[178]

第貳場本房批

論：自立議論，不襲常喙，而纚纚數千百言，無一字不古雅，無一句
不警拔，出秦入漢，鑄古融今，非有大學識者不能。

表：新而有則，切而不浮，工緻偉麗，四六之最佳者，行將建幟秋[179]
壇矣。

判：華贍。

主考王批

論學富才豪，首場精融，三場宏博奇偉，諒超群士也。錄之。

第參場本房批

一、發明朝講，意甚剴切，詞更古練。

二、才橫識到，筆古調高，博雅君子。

三、言路通塞，歷歷指掌，而議君臣聽受處，尤令人竦然。占子他日
立朝丰采。

四、指陳時艱，無一語不痛快，而處置尤詳盡，真救時良策。

五、說理財利病最中時宜，而蒼練之文，迥不可及。

---

178 按：前三篇為四書文評語，後四篇為詩經文評語。

179 按：同「藝」。

本房劉又批

五策學富五車，才雄八斗，商時艱則辯以裁，綜世務則雅而覈，瑋詞卓識，蔚然並茂，異日者當以大受期之，區區一第，非所以待子也。

主考韓又批

五策揮筆輒數百言，詞采翩翩，大珠小珠錯落玉盤。至陳朝講，諸所箴規，良有激乎。其言之即痛哭流涕，何以加此！及論國是，論諫獨依忠厚而黜激烈，此之為忠懇乃在折檻捧裾之右。迨譚吏治、譚國蠹，鑿鑿中膏肓，能令老吏警詫，委心聽計，辨哉足雄視詞場矣。

主考王又批

五策博綜今古，鎔鑄子史，筆落珠璣，勢雄雷電，正大則董，激切則賈，暢沛則蘇，溫厚則歐，豈直齊魯獨步，亦海內奇觀行矣。首對大庭，吾為子翹首望焉。

附錄二

王象晉：〈萬曆甲午科鄉試硃卷〉
——第一場《四書》第一篇應試硃卷示例

圖　第一場「四書」第一篇應試硃卷書影

全文[180]

第壹場　四書

（按：第一題題目）禮以行之，孫以出之，信以成之。

本房劉批：渾如璞玉，精似鎔金，把玩不忍釋手。

180　〔明〕王象晉著，〔明〕王登才、韓邦域等批：《萬曆甲午科鄉試硃卷》，明萬曆刊
　　　本，收錄於姜亞沙、經莉、陳湛綺主編：《中國古代闈墨卷彙編》，第十冊，頁11-
　　　14。

眉批	原文及圈點、旁批[181]
主考王：精練。 主考韓：雄詞逸 　度警思精 　詣。 韓：輕揚。 劉：提入解。 韓：輕清。 劉：義主斷、主 　嚴，何等的 　確且句掉。 韓：非特句掉， 　且見思深。 劉：說信處入骨 　髓，自是神 　品。 韓：字字入髓。 劉：束處雄暢中 　有精詣，跌 　蕩中有細 　密。 劉：結有歸宿。 王：泉湧淵涵， 　非淺學可 　到。	合眾善以應事（【旁批】劉：破　中的），而義其有終矣夫。禮孫信，皆以濟義也，合之以應事，君子善用義哉。嘗謂夫人以身任天下事，孰不期於盡善？顧挾片長以當幾，而眾美未會，即果於自任亦一義之偶合耳。（【旁批】劉：有含蓄）君子獨義以為質哉。調時宜既協，則聚動始基（【旁批】劉：妙），由是而行之出之成之也，機固相因也。而質幹徒存則膠執易溺（【旁批】劉：細心），其所以行之出之成之也，義獨難任也（【旁批】劉：有力量）。義主於斷，能無襲義之跡而行則偏倚者乎（【旁批】劉：自然）。以經緯之章，融徑情之失，蓋本其中正之禮以時措而即文昭也，是義之中也；義主於嚴，能無為義所激而出則急遽者乎（【旁批】劉：對妙）。以樂易之念，消直遂之愆，蓋率其不迫之孫，以妙運而雍容著也，是義之和也。義之為名甚美（【旁批】劉：神來），而義之為實難副，寧無出身行事，儼然精義之士（【旁批】韓：精宕）而考其成相刺繆者乎。文必盟之心，乃見之事，而原其出之所始（【旁批】劉：完全），要其行之所終，悉以誠信為貫徹，而虛偽祛也，是義之真也（【旁批】劉：圓密）；禮飾而疑於偽，孫順而疑於懦（【旁批】韓：精思佳境），信實而疑於朴，苟一理弗備，而義即淪於一偏，行之禮而弗繆，出之孫而弗乖，成之信而弗妄。惟眾善竝臻而義始妙於曲，當由是張弛闔闢，惟其主持，而本末始終要諸純粹，此天下語善應事者必歸之君子哉。而要之，禮孫信亦非判然離也，禮非儀文，唯心之品式；孫非卑詘，惟心之謙沖。總之偽爾，一載則百行皆虛真心，一立則隨施輒善。信也者文義禮孫之要也。故曰君子誠之為貴。

---

181 按：旁批文字標示於旁批所在原文字句之後，並以「細明體小字」表示。然旁批
　　所評，必須參考對應之上下文句意涵與圈點符號。

附錄三

王象晉：〈萬曆甲午科鄉試硃卷〉
——第二場「論」應試硃卷書影及全文

圖　第二場「論」應試硃卷書影

全文[182]

第貳場　論

（按：題目）天下萬事有大根本。

眉批	原文及圈點、旁批（按：此文無旁批）
王：融鑄百家，而 　波濤疊疊、 　雄奇莫遏，讀之令 　人神飛。 韓：委婉可愛。 韓：溫醇似韓，雄 　暢似蘇，此東 　海精特，吾不 　敢以章縫[183]伍 　之。 劉：情思委婉。 王：婉到。 王：森森武庫[184]。	論曰：治天下有本，君人者必握本以運而後可以善天下之治於不窮。夫天下廣矣，天下之事至殷繁矣，人君以渺然之躬，提衡六合，履崇高而握靈爽；蒼蓋以下，圜祇以上，孰不搏心揖志以惟一人之聽？苟為之君者，泄泄然怠荒縱恣，是就是溺，視天下事若秦越人視肥瘠，漠然不加喜戚，則天下幾何而能治？即不然，而斤斤乎簡而櫛之，比而數之，呲于陽，呲于陰，馳志總攬而于根本漫不加意，則亦徒敝精神於無用耳。以此求治，不亦難哉？善為天下者，不求治於天下而求治於天下之根本，不泛求根本于萬事而惟於君心之最關於天下者，先萬事而約之正。由是根本既正，萬事自理，天下之大，將惟吾所為而靡不如意。先儒有言曰：天下萬事有大根本，正其心之謂也。請明其意。今夫人君御萬方、宰萬品、鑄萬彙，天下孰非吾有？天下事孰非吾

---

182 〔明〕王象晉著，〔明〕王登才、韓邦域等批：《萬曆甲午科鄉試硃卷》，明萬曆刊本，收錄於姜亞沙、經莉、陳湛綺主編：《中國古代闈墨卷彙編》，第十冊，頁33-41。

183 按：章甫，禮冠。縫掖，袖子寬大的衣服。章甫縫掖指儒者的服飾。〔明〕程登吉著：《幼學瓊林》：「簪纓縉紳，仕宦之稱；章甫縫掖，儒者之服。」參見〔明〕程登吉著，〔清〕鄒聖脈增補，胡遐之點校：《幼學瓊林》，（長沙：岳麓書社，2002年），卷二‧衣服類，頁99。

184 按：稱讚人博學多才，無所不知。〔唐〕房玄齡等撰：《晉書‧杜預》：「預在內（按：度支尚書年）七年，損益萬機，不可勝數，朝野稱美，號曰『杜武庫』，言其無所不有也。」、「贊曰：文凱文場，稱為武庫」參見〔唐〕房玄齡等撰：《晉書全十冊》（北京：中華書局，1974年），卷三四，頁1028、1034。

眉批	原文及圈點、旁批（按：此文無旁批）
	事？紀綱法度，惟吾修明禮樂在精神心術之正，觀化理之原，晤微顯之幾，絕佚慾之萌，慮好令之趨，嚴慎獨之戒，謹聰明之用。事有在于參錯幾務也者，其大根本（在）[185]心之勤勵，即雞鳴未奏，庭燎未設，叢挫紛沓未至，而一念宵旰，無即于逸。事有在於激勸化誨也
王：其流於既溢者耶，何富博乃爾。 韓：贍而有體。 劉：奧博玄深，而筆端鼓舞變化，無所不備，此亦詞人之極構也，奇士哉！	者，其大根本在心之公慎，即司勳未列，匪頒未行，師甸圉土未耻，而一念蕩平，無牽於私。事有在於綏乂蒼黎也者，其大根本在心之慈惠，即爾雅未御，司祿未祈，蠲租罷役之詔未下，而一念惻怛，無傷于奇。事有在於靈承苾芬也者，其大根本在心之明信，即牲牷未奉，醴齊未皇，萬舞未奏，太史卜祝之倫未列左右，而一念溫恭，無涉于怠。事有在於消弭釁蘗也者，其大根本在心之悐勑，即讒慝未伺，鈴柝弗警；鹿馬之奸未作，狌鼯之竇未開；叢無神，社無鼠；後宮未嘗兢粧而
王：氣至此，如百川赴東海，佳哉。	望嚬笑，蛇豕豺狼未嘗乘隙而肆其螫毒，而一念防微，而馭朽無至屑越放縱而比于玩。析之，一事一根本；合之，萬事一大根本。隨事而圖之者，僅持其末務；自心而正之者，乃得其本根。持其末務者，用力煩而成功寡；握其本根者，用刑政惟吾振舉賞罰教化，惟吾統攝農桑耕鑿，惟吾勸率百靈九祐，惟吾饗格窮陬僻壤之氓以及九譯百蠻之長，惟吾奠麗而駕馭。如曰守其一掬而
韓：說得透。	不適于大通，其無乃迂儒拘曲無當大計。噫！是不然。心也者，潛之僅在方寸，而摶抗九區，執之雖無端倪而觀創百代；不物物而為物府，不事事而為事君。天下根本，曾無大於此者！藉令不於大根大本圖之而日敝敝焉為天下役，吾恐天下之事方且離而不貫，渙而不屬，紛
劉：有排山倒海之勢。	拏焉而不可救藥；於是床第有泣夜之讒，嬪御有狐媚之惑，近習有煬竈之蔽，朝紳有朋黨之釁，閭巷有啼號之

---

185 按：依文意，此應脫漏了「在」字。

眉批	原文及圈點、旁批（按：此文無旁批）
韓：是何等氣魄。 劉：純是古文。 劉：更妙。 劉：歸之寡欲，得 　　要領矣。	慘，強梁有跋扈之志，狡夷狂虜有睥睨窺伺之漸。如是而欲天下久安長治，未之嘗有！則孰知根本一不正而天下遽至此極哉！惟獨智之主，知事不啻萬，而本則惟一。吾持其萬而略其一，則事自以棼亂，吾執其一以御其萬，則天下自絲聯繩貫而就吾綜理。故所志者在敉寧之理，而所急者在淵蝐之攝，所圖者在登弘之化，而所先者在培養之務，所經營冀望者在宗社靈長之計，而所兢兢皇皇者力省而見效多。譬之樹木者，培植既固，而柯幹枝葉日以敷榮；譬之濬水者，源泉既通，而混混泪泪汹湧奔放，歷百折萬派而不可壅閼。蓋功豫於黻宸尊巖之地，化行於畿甸要荒之外，養密于神明幾希之內，幾通於林總紛藉之眾，計定于旦暮几席之近，業肇於百千萬禩之後。由是宮庭雍穆，蠻夷率俾，以根本正而內外肅；黎庶樂業，百姓兢勸，以根本正而臣民順；八方維則百度咸貞，五禮六樂大綱小紀之倫，罔不具舉，以根本正而朝常理、嘉眡休禎，旋至立應，鞏隆之祚若泰山，而四維之於都哉，隻千古而無兩焉；則心之為根本也，詎不大哉！而文烏可不亟正也。自此義不明，乃有廣侈內柴，厭縱外柵，煩文奇法日羈縻把持乎天下；程書衡石、衛士傳餐，[186] 非不自謂奮勵也，而精不流、神不暢，根本節自不相係屬，叢挫瘵廢，敗乃立見。則孰與正其大本，而天下之事自犁然就理哉！雖然，理萬事在正大根本，而正大根本又在寡欲，何者？人惟一心，業淫縱于彼，即無肯翟顧於此，稍馳逐於外，必不能常守其中，又況人君位尊勢重，間誘無窮，倘非屏萬營而

---

186 「程書衡石，衛士傳餐」用以形容君主勤於國政。〔宋〕李綱：《建炎進退志》：「近君子而遠小人，雖不親細務，大功可成。不然，雖衡石程書，衛士傳餐，亦無益也。」參見〔宋〕李綱撰，鄭明寶整理：《建炎進退志》，《全宋筆記》第三〇冊（鄭州：大象出版社，2019年），卷三，頁81。

眉批	原文及圈點、旁批（按：此文無旁批）
	固中扃，將蠹蝕一萌而根本先撥矣，如天下萬事何？夫惟自慎一曰；防乎其防，使情緣物搆毫不入於靈臺，而大根本有不正哉？故曰：大君當防未萌之慾。

楊牧詩中的動物意象
——以「自我」為論述中心

蔡知臻

國立臺中科技大學通識教育中心專案助理教授

摘要

　　本文探討華文世界大詩人楊牧之現代詩作品，著重以動物意象為探討主題並分析。在前行研究的回顧中，多人已以「生態詩學」的角度探討楊牧的詩創作，也指出楊牧對於生態自然反悟自我、關涉內在創作靈動與感受之情態，筆者則認為我們如何更接近詩人內心自我表述的心情與反應自我觀在詩作當中的藝術轉化，動物意象是一途徑。

　　有鑒於此，本文揀選六首楊牧具動物意象的代表詩作：〈心之鷹〉、〈鷹〉、〈狼〉、〈寓言一：石虎〉、〈寓言二：黃雀〉、〈寓言三：鮭魚〉為探討範疇，指出詩之自我形象與動物意象展演的詩境表現，希冀藉此討論重讀以上作品，並賦予新的詮釋視角與研究脈絡。

關鍵詞：楊牧、現代詩、動物意象、自我形象

一 前言

「動物」作為臺灣文學研究的課題之一，在近年蔚為顯學，無論是作家研究趨向，或是主題研究，都能發現動物文學的生命力。國立臺灣文學館也以「策展」[1] 方式呈現臺灣動物文學的歷史脈絡與文藝表現，在策展展出的同時，更邀請策展人黃宗潔教授編輯臺灣動物文學專書《成為人以外的：臺灣文學中的動物群像》[2]。這本書是目前臺灣文學之動物趨向研究的重要成果，集結不同學者、作家的專題文章，裡面所討論、撰寫研究的文本也不只侷限在文學作品，歷史議題、藝術展覽作品等皆有涉及。

當我們談到動物與文學之間的關係，不難發現幾個關鍵詞，包括：生態、倫理、自我、凝視、意象等，根據陳嘉慧的研究整理，她指出林良所歸納文學中的動物共有三種，第一種為「把動物當成純粹的動物看待」、第二種為「使動物具有高度的靈性」、第三種為「讓動物也使用我們人類的語言」。[3] 以現代詩作品中的動物意象來看，三種意象皆有出現，無論是純粹在詩中植入動物，敘事或是抒情導向的書寫風格，皆有動物在其中；而讓動物產生靈性，筆者認為跟作者所賦予詩中動物的情動力有相當大的關係，包括以動物意象比擬自身、或是神話傳說的隱喻等皆屬此類；最後第三種就是讓動物說話，生態詩中的動物主體發言、或是角色扮演書寫，擬人法的寫作策略奏效，例

---

1 「成為人以外的──動物文學特展」展覽資訊：網址：https://event.culture.tw/NMTL/portal/Registration/C0103MAction? actId=20037，瀏覽日期：2023年4月17日。

2 黃宗潔主編：《成為人以外的：臺灣文學中的動物群像》，臺北：聯經出版事業公司，2022年8月。

3 陳嘉慧：《文學性圖畫書對人與自然關係的想像：以動物意象的使用為例》（臺東：國立臺東大學兒童文學研所碩士論文，2022年9月），頁19。

如詩人楊喚的詩作〈夏夜〉中的動物就生動不已，無論是蜜蜂工作後返家，或是羊隊與牛群的步伐，我們都可以此詩為證發現現代詩中動物意象的多元展現。

楊牧（1940-2020）[4]，華文世界重要的詩人、散文家、學者、翻譯家，在臺灣文學的研究環境中楊牧一直是大家討論、研究的對象，研究成果直至今都在增長、創新。作為研究楊牧文學的後輩，筆者始終在思考其詩文研究開拓、創新的可能性與掌握性。綜觀楊牧的作品，詩集方面如《介殼蟲》[5]、散文集如《亭午之鷹》[6]，皆以動物為書籍命名；楊牧以動物為詩題的作品也相當多，相關研究成果也已出現，如曾珍珍〈生態楊牧——析論生態意象在楊牧詩歌中的運用〉[7]一文最具代表，此文從楊牧詩集出版的歷程、作品意象彙整楊牧詩歌的生態隱喻系統，從動物的意象為分析主軸，更指出楊牧詩之人文與自然之美的特色。其中〈狼〉一詩之意象成為《有人》時期最具代表的精神映像，曾珍珍更指出《完整的寓言》中寓言三詩使之生態象徵系統卓然成形，楊牧對生態寓言的書寫美學自有其獨到的心得。另外賴相儒的碩士論文《楊牧生態詩與詩學研究》[8]延續曾珍珍對「生態詩學」之觀點討論，重啟對楊牧生態詩之整體研討，他分別探討了楊牧的自然觀與生態詩學、楊牧共感及延伸的生態詩創作、以及楊牧返

4　詩人簡介：楊牧（1940-2020），臺灣花蓮人，東海大學畢業，美國愛荷華大學（Iowa）碩士，柏克萊（Berkeley）加州大學比較文學博士；現任西雅圖華盛頓大學（University of Washington, Seattle）教授。著作有詩集十一種，另有戲劇、散文、評論、翻譯、編纂等中英文三十餘種。

5　楊牧：《介殼蟲》，臺北：洪範書店，2006年。

6　楊牧：《亭午之鷹》，臺北：洪範書店，1996年。

7　曾珍珍：〈生態楊牧——析論生態意象在楊牧詩歌中的運用〉，《中外文學》第31卷8期（2003年1月），頁161-191。

8　賴相儒：《楊牧生態詩與詩學研究》（花蓮：國立東華大學華文文學系碩士論文，2021年7月）。

鄉樓居的生態詩，不難發現研究者的觀點不同於曾珍珍，雖然不離楊
牧創作與出版歷史分期，但更以主題學的角度分析之。

　　緣此，筆者希望藉由這篇文章，以動物意象作為分類詩作與分析
的依據，包括鷹、狼，以及楊牧的寓言三詩，且在分析詩作時，以貼
合作者詩心與創作背景為要，著重從自我形象的角度討論之，這樣不
但能展示詩人在動物意象中所寄託、欲表現的自我觀、詩觀、或是學
養傳遞，也能藉此開展不同於既有研究的範疇與框架。

二　理想憧憬的「鷹」意象

　　楊牧曾撰寫兩首鷹的詩作，包括〈心之鷹〉、〈鷹〉兩首，他曾接
受曾珍珍訪談，說到自然景物與詩人自身創作的關聯性，楊牧認為：
「詩人往往希望引導讀者一起參與想像的完成，運用自然界的物象是
達到這預期最有效的方法之一。換句話說，起先，自然物象出現時是
為了點綴背景，但一經轉化成象徵修辭，就生發出詩的蘊藉。」[9]藉
此概念引發筆者對詩人如何詠鷹、談鷹、甚至以自身比擬鷹相當好
奇，請見〈心之鷹〉一詩：

> 鷹往日照多處飛去
> 沒入大島向我的投影
> 陽臺上幾片落葉窸窣
> 像去年秋天刪去的詩
> 而鷹現在朝南盤旋

9　曾珍珍：〈多識草木蟲魚鳥獸──訪楊牧談解識自然〉，《新地文學》第10期（2009
　年12月），頁283。

漸遠。我站起來
面對著海

於是我失去了它
想像是鼓翼亡走了
或許折返山林
如我此刻竟對真理等等感到厭倦
但願低飛在人少，近水的臨界
且頻頻俯見自己以欻然之姿
起落於廓大的寂靜，我丘壑凜凜的心[10]

此詩出自於楊牧的詩集《時光命題》當中，初刊時間為一九九二年。創作背景是楊牧於一九九〇年本有機會到香港客座講學，但超過申請時間，且另有一位數學家一併申請，香港中文大學提議兩位學者一同前來各半年（本為一年講學時間），楊牧放棄這次機會，想說明年有機會再看看。但後來楊牧「預備要前往香港」的訊息在學術圈傳開，當時香港科技大學正在籌備當中，因創校教授的背景需要，於是邀請楊牧於一九九一年以人文學部教授名義來港。[11]

　　從此詩題目可看出詩人對動物「鷹」的自我投射與情感寄託，曾珍珍曾在〈生態楊牧——析論生態意象在楊牧詩歌中的運用〉一文中指出〈心之鷹〉是取象於一隻偶然來止終又戾飛而去的小鷹，寫自己寂寞的心境。[12]利文祺曾於「每日為你讀一首詩」的臉書專欄與部落

10　楊牧：《楊牧詩集III：1986-2006》（臺北：洪範書店，2010年9月），頁148-149。
11　張惠菁：《楊牧》（臺北：聯合文學，2002年10月），頁208。
12　曾珍珍：〈生態楊牧——析論生態意象在楊牧詩歌中的運用〉，《中外文學》第31卷8期（2003年1月），頁183。

格評論這首詩，他認為：「敘述者想像他就是那隻鷹，盤旋漸遠，如亡命之徒飛走了。這隻鷹對真理感到了厭倦，寧可飛在人少的地帶，並頻頻俯視自己。」[13]此評論已帶出詩人楊牧（敘述者）與所寫之鷹的投影關係，亦是自我形象變化，而這首詩所帶出的象徵意涵，反映詩人「孤獨」的形象建構。又說：「他們經常可以超然物外，不受那些會擾亂其他人的力量所影響。對他們來說，保持超然、冷靜、平淡、安詳很容易，所以遇到問題時不會像一般人那樣激烈反應。他們在最不堪的環境和處境中仍能夠保持尊嚴，因為他們對處境的了解是按照自己的詮釋，而不是他人的感覺或想法。他們的這種冷靜也許會漸漸轉變為嚴峻和冷漠。[14]」

李蘋芬也在「每日為你讀一首詩」專欄分析〈心之鷹〉一詩，她認為第一節「面海遙望是一場落空的追尋，投影、落葉與去年秋天刪去的詩，描繪了憑欄沉思的人類形象。倘若人眼中的動物是一面鏡子，那麼在詩中盤旋、漸遠的鷹，就能被理解為詩人眼看自己『竟對真理等等感到厭倦』的映像。」[15]李蘋芬陳述這首詩物象與自我之間的聯繫互動、甚至是寄託情感與情緒之對象。

〈心之鷹〉一詩與楊牧散文〈亭午之鷹〉存在對話關係，好似詮解此詩的心境與敘述狀態。〈亭午之鷹〉一文述說某次楊牧與妻夏盈盈於窗臺與一隻小鷹邂逅，關於鷹的狀態描寫，與詩人聯繫甚深，例如文末云：「有時我不期然站在通往陽臺的玻璃門前，正午鐘響，總是不免悚然凝望，彷彿搜索者，很希望看到它對我飛來，但它好像竟

---

13 「每日為你讀一首詩」利文祺賞析〈心之鷹〉，網址：https://reurl.cc/0jkp5Y，發表日期：2017年2月6日，瀏覽日期：2021年7月10日。

14 亞伯拉罕・馬斯洛著，梁永安譯：《動機與人格：馬斯洛的心理學講堂》（臺北：商周出版社，2020年6月），頁232。

15 「每日為你讀一首詩」李蘋芬賞析〈心之鷹〉，網址：https://reurl.cc/NrOAzm，發表日期：2021年4月15日，瀏覽日期：2021年7月10日。

走了，我們的鷹。[16]」鷹總是來去自如，且孤身行走飛翔，當鷹離去後楊牧感嘆，說出鷹來去的形象與動態表現就如搜索者，很希望能感受到它靠近自己，親近自己，卻總在將要觸及時失去或離開彼此，此敘事反映詩人自身心理狀態。詩人「搜索者」形象總是在他文學創作中看見，無論對中西知識追求，或是對人情，社會，政治的牽引與聯繫，詩人一直尋求定位，此定位也和自我與身分認同密切相關，楊牧的散文集《搜索者》、《奇萊後書》中關於知識追求與故鄉回望的主題都能反應他的中心旨意。

〈心之鷹〉共分兩節。第一節描寫鷹在敘事者「我」眼中的飛躍姿態與形象。〈亭午之鷹〉一文楊牧亦描寫詩人與鷹對視交錯：「這鷹隨意看我一眼，目如愁胡，即轉頭長望閃光的海水，久久，又轉過頭來，但肯定並不是為了看我。它那樣左右巡視，想來只是一種先天倨傲之姿，肩頸接觸神經自發的反應，剛毅，果決，凜然。我屏息看它，在陽光裏站著，蘋果綠的欄杆背後有深藍浩瀚的海水，以及不盡綿亙的天，展開的是無窮神秘亦復平常的背景，交錯升降的一種稀薄的音樂忽遠忽近。這一切我都看見，聽見。」[17]鷹往日照多的地方飛去，它是如此高傲，帶英雄之姿，受人矚目的一種鳥類，它的飛翔，好似往高處、明亮之地前進，追逐理想與向陽的姿態，且在敘事者眼中深受啟發與影響，鷹的漸遠，以及最後兩句「我站起來／面對著海」遙望遠方的姿態可比擬，海也有遼闊，大肚之意，面對大海就如同尋找理想與希望的內在心理。

第二節敘事者自我投射在鷹身上，首句就說「於是我失去了它」，詩人想像鷹的遠走高飛，並聯想自我處境的出世、入世抉擇，連結楊牧在香港的處境與自我省思。何雅雯也認為「詩中的鷹由北而南，先

---

16 楊牧：《亭午之鷹》（臺北：洪範書店，2006年1月），頁178。

17 楊牧：《亭午之鷹》（臺北：洪範書店，2006年1月），頁175。

向敘事者所飛來，隨後繼續朝南盤旋而去，來去的過程是『心』的萌動變化。這種來去展現的並非自由或豪壯，而是『孤飛』的形象，一如自己所願乃是遠離人群的低飛，並且鄰近水面、頻頻照影。[18]」或許我們也可在〈亭午之鷹〉找到補充解釋：「鷹久久立在欄杆上，對我炫耀炫耀它億載傳說的美姿。它的頭腦猛厲，顏色是青灰中略帶蒼黃；它雙眼疾速，凝視如星辰參與商，而堅定的勾喙似乎隨時可以俯襲蛇蠍於廣袤的平原。它的翩翼色澤鮮明，順著首頸的紋線散開、聚合，每一根羽毛都可能是調節、安置好了的，沒有一點糾纏，衝突，而平整休息地闔著，如此從容，完全沒有把我的存在、我的好奇的注視放在心裏。它以如鐵似鍊的兩爪緊緊把持著欄杆，左看若側，右視如傾。」[19]此極具美姿的鷹之形象，在散文當中敘事者描述相當仔細，鷹的孤傲完全沒有將身旁的敘事者放於眼中，甚至無視他人狀態。回到詩作當中，敘事者開始對真理感到厭倦，不知道自己曾相信的，以及可能相信的是否能再一次深深接受，鷹之高傲，飛越到向陽處，高飛是它的理想狀態，敘事者卻在詩末三句直言：「但願低飛在人少，近水的臨界／且頻頻俯見自己以虓然之姿／起落於廓大的寂靜，我丘壑凜凜的心」，敘事者以堅毅之心自我比況成鷹，藉物反思心境與理念狀態於此呈現，他寧願飛在人少、近水之地，更常檢視自我，如同看看自己以虓然之姿，追求寂靜狀態，以及對內心感受的加倍重視，另外這使否也是詩人待機而動的意涵隱喻，值得我們深入再思索。

我們可以發現此詩之鷹與詩人內在理想憧憬的形象相當吻合，詩人卻進一步反思自己是否能像老鷹一樣孤傲、果毅，甚至天生的倨傲之姿展示自我理想。鷹可獨立，並呈現最完整的自己，但敘事者

---

18 何雅雯：《孤獨詩學：藍星詩人群的自我書寫》（臺北：國立臺灣大學中國文學系博士論文，2010年），頁89。

19 楊牧：《亭午之鷹》（臺北：洪範書店，2006年1月），頁175-176。

「我」是否能夠如此？或許「我」可以鷹為借鏡，希望自己能達到此狀態，進一步思考自身，重視心靈培育與建構對事物的觀察，可能是現在需要執行完成的部分。楊牧在詩中將鷹的孤傲、孤獨連結自我實現形象，比況自我心靈狀態以及對理想追尋、探索與憧憬，藉由與鷹的邂逅，詩人反觀自己想要的與期許自己所達到的，是對境界的追求，現在的他可能沒辦法如鷹般存有高傲的身姿及雄厚抱負，他則藉此自比狀態修正自己目前可做、欲達到的部分，對未來可能沒有抱太多期待，此意念反映在詩境中，呈現鷹與詩人的自我形象。

　　楊牧另一首〈鷹〉則說到：

> 我轉身，鷹
> 在山崗外盤旋，發光
> 提示我如何確認那單一，巨雷的
> 方向，允許些微偏頗和誤差
> 如我曾經以一生的時光
> 允許它不斷變換位置，顯示
> 飛的動機，姿勢——和休息
> 去而復來，完成預設的形象
> 獨立的個體[20]

「鷹是文學與宇宙啟示的象徵，鷹的飛行更與靈感、意象的萌生湧動相關，所以筆下的鷹每每以飛翔來去的姿態風儀出現。[21]」如同何雅雯指出，楊牧的鷹皆有飛去、展翅象徵。〈鷹〉藉由觀覽鷹的雄姿，

---

20 楊牧：《楊牧詩集III：1986-2006》（臺北：洪範書店，2010年9月），頁330-331。
21 何雅雯：《孤獨詩學：藍星詩人群的自我書寫》（臺北：國立臺灣大學中國文學系博士論文，2010年），頁89。

以及對準獵物、目標的專一心志，讓詩人聯想到自我如「我曾經以一生的時光／允許它不斷變換位置，顯示／飛的動機，姿勢——和休息」一般，設定目標以達到接近理想如鷹，爾後不斷尋索、轉換、思考的同時，達到自我理想最完美、最佳的自我狀態，自我包括身體的、以及心靈的，理想的追尋是孤單的，卻相當值得，此訴說與詩的表現不也藉鷹託詩人內心情志理想的狀態嗎？

三　詩與自我期許的「狼」意象

楊牧〈狼〉[22]一詩篇幅巨長，形式結構共可分四部分，作者也給予標註提示。為何將此詩列入「動物——自我」的討論範疇，在詩之開頭「我聽到我族類的聲音傳來」一句中的「我」與「我的族類」，可見詩人已將自身幻化為狼群之一，但綜觀全詩卻少見狼真實的姿態、習性等，頂多是用「族類」表示我與他者之間的互動關係，詩中也出現獵人意象，能確定狼在詩中的表達位置。鄭慧如〈敘述的抽象化：論楊牧詩〉一文認為，詩中的「狼」並不是具體存在的物象狼，而是寫出傾向於心志狀態、抽象、象徵性的「狼」，所以他說：「〈狼〉揉合感官的聽覺摹寫很精彩，寫的卻不是作為動物的狼嗥，而是『我族類』的聲音。透過想像『我族類』，敘述者製造了一匹代表心靈層面的『狼』。」[23]

筆者以為，想像「我族類」的狀態與書寫模式，就是詩人「動物——自我」的展現，楊牧與想像的狼進行或深或淺的交流，向彼此靠近，近似光譜線，中途交會時所展現出文字與詩境想像。鄭慧如認

---

22 楊牧：《楊牧詩集II：1974-1985》（臺北：洪範書店，1995年10月），頁391-400。

23 鄭慧如：〈敘述的抽象化：論楊牧詩〉，《臺灣文學學報》第37期（2020年12月），頁63。

為這首詩主要傳遞「確定目標之際卻像在等待回音，寫意傳神，遊刃有餘。」[24]筆者認為這與詩人「搜索」詩的意念與堅持相關。馬斯洛認為：「自我實現者在行為上有一定的自發性，在內心生活、思想和衝動上有著更高的自發性。[25]」楊牧許多作品當中，無論詩或散文，都在尋索自我、找到定位，甚至追尋詩的狀態，或是作品高度，也有從國外回望臺灣的追憶之思與土地嚮往，皆不能忽略，尤其〈狼〉一詩所要追求的是什麼？作者轉化成想像、抽象的狼意義何在？恐怕不是三言兩語能夠全面解釋的。

本詩第一部分分兩節，不乏出現多個游離尋索的詩意營造，「狂濤飛掠如黑髮，穿過我的歲月／好像心情穿過急絃——」[26]、「我摸索著，聽見／對方閃爍的聲音／是宇宙的強光，當時間和空間／交擊於冰崖的前額。」[27]時空之間跳躍的敘述也豐碩。此敘述過後所歸結狼的視覺描寫與概念化描述：「狂濤的呼嘯令我目為之盲，警覺／就在那冰湖表面，金陽底下／壯麗的，婉約的，立著／一匹雪白的狼」[28]。「立著」、「雪白」是狼的視覺表現，說明其姿態與顏色，而「壯麗的，婉約的」則是概念化描述狼的情狀，並不直指狼本身專有的描述詞，是一種通用式的、概念化的。因此，此處的狼也直指詩人對詩的遠大情志，以及所追尋、欲達成的自我實現目標。

詩作第二部分出現「螻蟻」意象，與狼呈現對照組。第一節討論、辯證螻蟻是否為前生形象的問題，凸顯其戰鬥、堅毅勇猛的情

---

24 鄭慧如：〈敘述的抽象化：論楊牧詩〉，《臺灣文學學報》第37期（2020年12月），頁65。

25 亞伯拉罕・馬斯洛著，梁永安譯：《動機與人格：馬斯洛的心理學講堂》（臺北：商周出版社，2020年6月），頁228。

26 楊牧：《楊牧詩集II：1974-1985》（臺北：洪範書店，1995年10月），頁391。

27 楊牧：《楊牧詩集II：1974-1985》（臺北：洪範書店，1995年10月），頁392。

28 楊牧：《楊牧詩集II：1974-1985》（臺北：洪範書店，1995年10月），頁393。

境，雖然只是一群微末的螻蟻：「那些或許是我們前生的形象／英勇
的武士在曠野上／吶喊廝殺，堅持不太準確的信仰／於鼓號聲中衝
刺，纏鬥，死亡／那些是我們前生的形象，在強光的／探照下一群微
末的螻蟻——／這時站在巨大的青槐樹前，我是／猶疑年代裏最不安
的信徒」[29]。衝刺、纏鬥、死亡，勇猛的螻蟻，是我們前生的形象，
我們是生在最不安的年代裡的信徒，論示文明演進必要的對抗、突破
與超越，更是詩人對尋索理想的具象化書寫。第二節「那一群匆匆的
螻蟻不是／不是我們前生的形象。那是他們／從乾涸的河床爬高／幽
幽繞過我潮濕的雙足／進入青槐樹裏，黃鐘和禮炮齊鳴／他們正嚴肅
地分配著有限的坐席」[30]，從前生形象到不是前生形象的過程，詩人
也指出什麼才是我們的我們：森林長大的遠山。最後如第一部分詩
作，以「壯麗的，婉約的，立著／一匹雪白的狼」，呼應詩句，往往
提醒讀者與詩人自身，到底關鍵意旨的敘述與標的為何？

　　第三部分也分兩節，仍充斥尋索狀態，第一節敘述古廟空間，人
文、自然，也有古老，和預言景象，加深詩人游離幻境的詩想空間，
古廟是否真實不是特別重要，是透過具象景觀、動物、場景來完成詩
人意念指涉與象徵的意涵。第四部分最後可直面詩人尋索的停滯點，
更可確認狼的象徵，而不具體實像：

　　　秋深了
　　　我從稿紙上擡起頭來，惺忪蕭散
　　　空氣裏飄著寒意。我起身
　　　將後門關好，撿起壁爐前書

29　楊牧：《楊牧詩集II：1974-1985》（臺北：洪範書店，1995年10月），頁393-394。
30　楊牧：《楊牧詩集II：1974-1985》（臺北：洪範書店，1995年10月），頁394-395。

> 卻看到字裏行間到處都是
>
> 壯麗的，婉約的，立著
>
> 一匹雪白的狼[31]

詩人創作時的各式想像豐碩特異，字裡行間都出現「壯麗的，婉約的，立著／一匹雪白的狼」，可見狼是象徵自我的情志理念與自我實踐，文學作品（詩）是作家的意志，也是表達思想的方式，全詩長度可觀，可追索、依循詩人的詩句一同跟著詩人旅行、跳躍，古今穿梭，也是詩人藉由「狼」倒映自身景況的豐富圖像。

四　這是我的，也是你的：寓言三詩析論

　　楊牧的詩集《完整的寓言》於一九九一年出版，是他較為晚期的出版作品，孟樊、楊宗翰的《臺灣新詩史》將其放在開拓期，展現了楊牧晚期風格與當代抒情傳統的延續者與締造者。楊牧在這本詩集的後記中提到兩個重點值得我們繼續思考，包括一：「此之謂『完整的寓言』。這是我的，也是你的。[32]」以及二：「我的詩嘗試將一切抽象加以具象化，訴諸文字。[33]」第一點指出這本詩集中之寓言的普世性，這不只是單純詩人自我的意識表述、寓言系統，此寓言體系是能產生「共感」的狀態，讓讀者參與成為詩人所標舉的完整寓言，這邊的「自我」，是詩人的，也是閱讀者自己的；而第一點補充了寓言、

---

31 楊牧：《楊牧詩集II：1974-1985》（臺北：洪範書店，1995年10月），頁399-400。

32 楊牧：〈《完整的寓言》後記〉，《楊牧詩集III：1986-2006》（臺北：洪範書店，2010年9月），頁493。

33 楊牧：〈《完整的寓言》後記〉，《楊牧詩集III：1986-2006》（臺北：洪範書店，2010年9月），頁494。

意象形成的觀點,即是將抽象思維以具象的方式表述成詩文。在這本詩集中有三首以寓言為題的作品,包括〈寓言一:石虎〉、〈寓言二:黃雀〉、〈寓言三:鮭魚〉,當然除了這三首詩外,也有多詩以動物為意象展示寓言意涵,但筆者認為這三首詩已有內部的創作體系與相關結構展示,所以著重以這三首詩討論之。

楊牧曾接受曾珍珍的專訪,談到關於這三首詩的書寫意像,他說:「我曾經以『寓言』為題,採不同的修辭技巧寫石虎、黃雀、鮭魚。石虎是憑空想象,黃雀取典於曹植詩,鮭魚是西雅圖一帶名產。」[34]另外詩人也給予我們一個重要的觀念,就是詩人寫生態,不必然出自眼見,而是可以藉由文字技巧、諧音等想像出現的,生態的使用是一種自然與人文的心靈啟示,或是經驗靈動,並不是一定要現場真實之經驗反映。《完整的寓言》後記中也有楊牧自述寓言三詩的寫作意識:「我以『石虎』,『黃雀』,『鮭魚』為題寫寓言三則,發言聲音在各種人稱之間擺盪,原因就是知人知我太難。有時我以為我在抒寫自己的意志或情感,因為第一人稱昭顯,但也不一定,往往於字裏行間我的指涉與別人重疊了,甚至繁複龐雜可以與對方同步操作隨意相生。[35]」楊牧認為自我指涉運用人稱的轉換彰顯,但從繁複龐雜的敘述脈絡中展現自我的情感或意志,藉由動物作為媒介,能讓詩人藉由詩句傳遞內容或情感更加具體,有的像真實反映的自己,也可能是想像的狀態。緊接,首先看〈寓言一:石虎〉作品:

我們曾經貪婪而膽怯

34　曾珍珍:〈多識草木蟲魚鳥獸——訪楊牧談解識自然〉,《新地文學》第10期(2009年12月),頁283。

35　楊牧:〈《完整的寓言》後記〉,《楊牧詩集III:1986-2006》(臺北:洪範書店,2010年9月),頁493。

如初生的石虎
在月光下傾聽：
有小風吹過松林
和林外的草原嗎？有熊羆？
有熊羆的掌聲拍過水邊嗎？
夜梟在上面喃喃自語
下面
蛇在眨眼
滑過
腐葉
和毒菌，窺視一隻蜥蜴
露水已經溜過林葉滴下來了
我們曾經默默觀察
天地變化的聲音，顏色
凝立如初生的石虎
看月光在松林躡足
穿過雜沓的枝幹
向草原撲去

我們依然靜止
注視林裏，以及林外
燦爛的黑暗
四足緊貼著大地
堅持一種姿勢
稀有動物的尊嚴
貪婪，膽怯

我們傾聽

小鹿翻動耳朵的聲音

松鼠搖尾的聲音

草原外大地陡斜

下墜，溪谷當中

兩張橘黃的帳篷

一堆篝火

有些歌

吉他聲斷續……

讓露水滴下來

蓋滿我們的脖子

肩和背，如石虎

曾經貪婪而膽怯[36]

本詩分為兩節，第一節首兩句就點出我們的貪婪而膽怯狀態，像初生的石虎，上引文就說到這個寓言是楊牧自己憑空想像的經歷，筆者認為從第一節可以看到楊牧有意在生態空間的營造，詩中出現了靜景與動景，靜景包括不同的動物植物，熊羆、蛇、蜥蜴、腐葉、毒菌等；動景如小風吹過松林、拍打水邊、眨眼、露水溜過等。本節倒數六句詩談到「我們曾經默默觀察」，無論是天地變化的聲音或顏色，以及探索叢林、原野前進等，看到這，可直接發現詩人所營造的生態空間不只是生態，更是對社會現實人物生活命運的隱喻，初生之犢不畏虎的社會新鮮人可以用此比喻、剛面臨震撼教育的人生體悟也可以用，或是搜尋自我定位、自我認同的我們也適合，所以說這首詩的自我不

---

36 楊牧：《楊牧詩集III：1986-2006》（臺北：洪範書店，2010年9月），頁122-124。

單只是詩人小我的感受，更擴及社會我、家國我的寓言意涵。

第二節承接上節繼續描述我們與生態空間的互動，有觀察，也有體悟，視覺性的描述也切割了林裏、林外的狀態；傾聽也很重要，展現了人與自然間的聯絡網：小鹿翻動耳朵的聲音、松鼠搖尾的聲音、吉他聲斷續、露水滴下的聲音等，但這些可以視作一種奢侈，所以詩中才指出關於石虎的貪婪而膽怯。

〈寓言二：黃雀〉借鑑曹植詩〈野田黃雀行〉，重新以現代詩的寓言方式寫作。楊牧想要藉由重新挪移古典抒情傳統的作品，希望處在臺灣現代主義浪潮、現代化的過程當中以另一個角度再一次詮釋。詩作如下：

　　　　有人從黍稷田裏歸來
　　　　告訴我一件驚人的事——
　　　　他披散花白的長髮，飄舞
　　　　亂世的綵衣，臉上摺滿
　　　　朝代遞變的痕跡
　　　　左手倒提一面旌旆
　　　　不是交龍，沒有鸞鈴
　　　　褪色的刺繡龜和蝙蝠
　　　　右手掌裏一把劍，是劍
　　　　無塵，輝煌
　　　　有人從
　　　　黍稷田裏歸來，從古代
　　　　——一個襤褸的武人
　　　　潛行過黑暗和光明
　　　　惦記曩昔的故事

關於一隻黃雀
如何倒掛在多風的網罟：

他曾經是人間
昂揚一少年，衣裳鮮潔
弓韣，矢箙，和長劍
大馬馳過盛夏淥水邊
遂在那多風的白日
不期然奔進了
一片黍稷荒涼的
野田……

那是古代
有人看到一復讎的黃雀
在網罟上掙扎
高樹多悲風，海水
在未來的遠方飛揚
他翻身下馬，杖劍斷其繩
黃雀飛投虛無的天，少年
心震神動，剎那頭髮盡白
他的血色淡了，衣裳碎裂
片片，他的角弓掉了
箭矢散了，旌旄變色
惟獨右手掌裏一把劍，是劍
無塵，輝煌

　　——有人從黍稷田裏歸來
　　告訴我一件驚人的事[37]

　　本詩分為四節，四節長短不一，採用敘事詩的寫作手法展現，從內容來看可發現這首詩在說故事。利文祺曾於「每天為你讀一首詩」平臺上評論此詩，他特別指出這首詩的典故運用與楊牧新創的關聯性，也批判黃麗明在討論此詩時認為這是一首關於就政治結構遭受動搖的隱喻書寫，無論是六四天安門，柏林圍牆倒塌、蘇聯瓦解、東歐的重組等。利文祺不以為然，他反過來從民主意識的方向思考，打破集權不一定是悲劇，有可能是喜悅之事。最後他也指出此詩「揭露了當代中每天上演，一個不知感恩的故事。鳥的飛去告訴我們行善之惘然，正義沒有回來，好人並沒有得到好報，反而將自己陷於落魄，這樣不平等的禮物經濟，給予善意卻未獲得回報，因此經濟平衡被打擾，甚至崩壞。」[38]

　　首先從第一節開始往下看，前兩句以一個人來訴說一個故事開頭，開始說故事時好似回到過去，回到曹植的年代，重新訴說一個故事，當然這樣的敘述策略也能聯想到故事新編，藉由現代之眼、筆的再現，映照一個寓言故事，這個故事具有寓意，不知感恩的狀態與人間世，充斥著各節。「關於一隻黃雀／如何倒掛在多風的網罟」、「有人看到一復讐的黃雀／在網罟上掙扎」呈現黃雀有困難，而救了黃雀的年輕人並無得到回報，黃雀飛走了，年輕人也「剎那頭髮盡白」，這當然訴說一個善無果報的故事，但也隱喻了自我人生的遭遇與借鏡。

37　楊牧：《楊牧詩集III：1986-2006》（臺北：洪範書店，2010年9月），頁126-129。
38　「每日為你讀一首詩」利文祺賞析〈寓言二：黃雀〉，網址：https://cendalirit.blogs
　　pot年com/2016/04/20160407.html?m=0，發表日期：2016年4月7日，瀏覽日期：2023
　　年1月6日。

　　第三首〈寓言三：鮭魚〉有很明顯的自我形象指涉，從敘事者我代表鮭魚來說，就是一種動物自我的變形轉化，是動物，也是人，更是種較寬泛的投射。楊牧也說道：「我希望你與其中的第一人稱認同，並且也和我一樣，因為那第一人稱的指涉時常與別人的聲音融合在一起，而感到些許疑惑，並喜悅欣賞那疑惑。」[39]詩如下：

> 當四月剛剛照亮
> 斯地拉瓜米西流域
> 陽光從受傷的海口溯迴而上
> 低低向內陸俯襲
> 小灣細澳一一解凍
> 曲折扭轉，迸生
> 新綠的蘆葦
> 當蘆葦柔軟搖曳
> 動人如超速生長的髮茨
> ——屬於戀愛中的婦女
> 可能——我們在溫暖的
> 海流邊緣等待，試探
> 大量湧來的清水
> 冷冽，平淡，熟悉
> 彷彿有萬種招呼的風情
> 溶解在迢迢下注的
> 斯地拉瓜米西，當我們
> 廝磨遊戲，在集結的

39　楊牧：〈《完整的寓言》後記〉，《楊牧詩集Ⅲ：1986-2006》（臺北：洪範書店，2010年9月），頁493。

水面，四月的陽光
照亮我健康的鰓，我們
健康的鰓。好了
尾鰭一擺，我翻身指向
陸地，向斯地拉瓜米西

比我更早，我知道
四月的陽光已經巡邏過
生命和死亡的斯地拉瓜米西
當河水刺激我的鰓
我抖索以調節體溫
轉動，滑泅，衝刺
快意吞食迷路的蝦和小魚
穿梭茁長抽高的蘆葦
並咬嚙這些髮茨——
屬於戀愛中的婦女
可能——斯地拉瓜米西
生和死的小門一闔一啟
無限的時間，玄妙的
源頭，肯定我靈視之眼
透過百代洪荒，過去現在
和未來的火塵
預見秋山在紅葉的擁抱裏
逾越，初雪將小寒
飄下絕高的峰頂
當我帶著旅途的創傷面臨

> 　　一生最險惡的急湍
> 　　在上游斯地拉瓜米西[40]

　　楊牧詩中鮭魚意象常見，賴相儒指出楊牧在三十歲過後，曾經走向世界的他，就像鮭魚洄游一樣，繫念心中的歸屬，花蓮的文化鄉愁反而帶領他回來了。[41]這不僅僅是一種生態意象的運用而已，而是反映詩人對於異鄉在外、思想故土的情懷與離散經驗反射在作品當中。〈寓言三：鮭魚〉也是藉此發揮的寓言詩作品，但在敘述人稱上更是直接了當，使用「我」進行鮭魚角色扮演。本詩共分為兩節，第一節在空間地理的鋪展與鮭魚的互動生動，無論是海口水的流向，小灣的解凍、曲折生長的植物如戀愛婦女，又或者是試探水溫、試探情緒，而明顯有自我形象扮演的在第一節後半說到：「水面，四月的陽光／照亮我健康的鰓，我們／健康的鰓。好了／尾鰭一擺，我翻身指向／陸地，向斯地拉瓜米西」。我的鰓、我翻身、我指向……不僅化身為鮭魚，更藉由鮭魚展現迴向陸地的敘述。

　　第二節談到環境適應的問題，包括河水刺激我的鰓，我以調節、轉動、衝刺等方式回應，也吞食蝦魚，展現了生命力與生態情境，更隱喻著人生的相似性與比擬性。最後，「當我帶著旅途的創傷面臨／一生最險惡的急湍／在上游斯地拉瓜米西」，創傷是從經歷與經驗累積出來的，度過人生中最險惡的，往上游而行的彼此，不過是一個小人物在追求、在尋找、也在思考。這首詩訴說了一個鮭魚經驗與洄游的故事，也諭示人生。

40　楊牧：《楊牧詩集III：1986-2006》（臺北：洪範書店，2010年9月），頁130-133。

41　賴相儒：《楊牧生態詩與詩學研究》（花蓮：國立東華大學華文文學系碩士論文，2021年7月），頁25。

結論

　　本文探討楊牧詩中的動物意象，且著重從「自我」的角度重讀，希望藉此發現更加有趣的閱讀視角與分析詮釋。筆者選擇了六首詩進行分析，包括〈心之鷹〉、〈鷹〉、〈狼〉、〈寓言一：石虎〉、〈寓言二：黃雀〉、〈寓言三：鮭魚〉，動物意象擴及天上飛的禽鳥類、路上的走獸類，以及水中的游魚類。

　　〈心之鷹〉、〈鷹〉兩首鷹意象的詩作涉及自我經歷與創作的契機，詩人藉由鷹來進行自我投射與情感的寄託，可看作楊牧為鷹、鷹為楊牧的連結牽涉，也發現詩作與散文作品之共振關係，詩人從〈心之鷹〉這首詩反觀自己期許所達到的是對境界的追求，現在他可能沒辦法如鷹般存有高傲的身姿及雄厚抱負，對未來可能沒有抱太多期待，此意念反映在詩境中，呈現鷹與詩人的自我形象。而〈鷹〉展現自我設定目標以達到接近理想如鷹，期許自我達到理想完美、最佳的狀態，理想的追尋孤單，展現了詩人的情志理念意識。

　　〈狼〉象徵自我的情志理念與實踐，也表達詩人的思想的方式，全詩追索、依循詩人，一同跟其旅行、跳躍，古今穿梭，也是詩人藉由「狼」倒映自身景況的豐富圖像。

　　寓言三詩藉由想像、典故與對故土的離返思念，藉由石虎、黃雀、鮭魚作為聯繫自我情感的動物意象展示，但這些自我的狀態可以是通用的，閱讀者投射進入詩作中的敘事者我也能感應其中、產生共振效果，所以這是詩人的寓言，也是閱讀者、他者的寓言。

參考文獻

一　專書

亞伯拉罕・馬斯洛著，梁永安譯：《動機與人格：馬斯洛的心理學講
　　　堂》，臺北：商周出版社，2020年6月。

張惠菁：《楊牧》，臺北：聯合文學出版社，2002年10月。

黃宗潔主編：《成為人以外的：臺灣文學中的動物群像》，臺北：聯經
　　　出版事業公司，2022年8月。

楊　牧：《介殼蟲》，臺北：洪範書店，2006年。

楊　牧：《亭午之鷹》，臺北：洪範書店，1996年。

楊　牧：《楊牧詩集 II：1974-1985》，臺北：洪範書店，1995年10月。

楊　牧：《楊牧詩集 III：1986-2006》，臺北：洪範書店，2010年9月。

二　期刊論文

曾珍珍：〈生態楊牧——析論生態意象在楊牧詩歌中的運用〉，《中外
　　　文學》第31卷8期，2003年1月，頁161-191。

曾珍珍：〈多識草木蟲魚鳥獸——訪楊牧談解識自然〉，《新地文學》
　　　第10期，2009年12月，頁282-286。

鄭慧如：〈敘述的抽象化：論楊牧詩〉，《臺灣文學學報》第37期，
　　　2020年12月，頁37-68。

三　學位論文

何雅雯：《孤獨詩學：藍星詩人群的自我書寫》，臺北：國立臺灣大學
　　　中國文學系博士論文，2010年。

陳嘉慧：《文學性圖畫書對人與自然關係的想像：以動物意象的使用
　　　為例》，臺東：國立臺東大學兒童文學研所碩士論文，2022
　　　年9月。

賴相儒：《楊牧生態詩與詩學研究》，花蓮：國立東華大學華文文學系
　　　碩士論文，2021年7月。

四　其他

「每日為你讀一首詩」利文祺賞析〈寓言二：黃雀〉，網址：https://
　　　cendalirit.blogspot.com/2016/04/20160407.html?m=0，發表日
　　　期：2016年4月7日，瀏覽日期：2023年1月6日。

「每日為你讀一首詩」利文祺賞析〈心之鷹〉，網址：https://reurl.cc/
　　　0jkp5Y，日期：2017年2月6日，瀏覽日期：2021年7月10日。

「每日為你讀一首詩」李蘋芬賞析〈心之鷹〉，網址：https://reurl.cc/
　　　NrOAzm，發表日期：2021年4月15日，瀏覽日期：2021年7
　　　月10日。

「成為人以外的——動物文學特展」展覽資訊，網址：https://event.cultu
　　　re.tw/NMTL/portal/Registration/C0103MAction?actId=20037，瀏
　　　覽日期：2023年4月17日。

應用華語詞彙等級於華語文本分級方法之研究

——以 BPNN 方法建立華語文本分級模型[*]

謝奇懿

國立高雄師範大學華語文教學研究所副教授

林敬碩

國立嘉義大學電機系碩士

徐秀芳

國立高雄師範大學華語文教學研究所博士生

摘要

「文本分級」是指將文本依照設定的標準分為不同等級的過程，十九世紀已開始使用量化方法進行文本分級，隨著人工智慧（AI）技術的發展，自然語言處理領域也開始發展出文本分級模型。然而現有的文本分級模型多數以中文為母語進行訓練，對於外語及二語學習者／教學者缺乏足夠的適用性。就華語教學／學習領域來說，詞彙等級在華語教學中占有相當重要的位置，其被廣泛用來教材、評量的編寫分析上，因此，導入詞彙難度

---

[*] 通訊作者：國立嘉義大學電機系特聘教授謝奇文。

等級之面向對於華語文本分級十分重要。本文即擬以現今臺灣國家教育研究院公布之臺灣華語能力基準中的詞彙等級表為基準，運用詞彙等級表進行文本分級模型訓練，觀察詞彙等級面向進行文本分級可行性。此外，本文也將詞彙等級之面向與其他文本分級之重要面向進行結合比較，以明華語詞彙等級運用於華語文本分級之可能。

研究發現，運用華語詞彙等級建構文本分級模型之預測準備度為百分之七十。而此一模型與其他中文各分級模型之結果接近，因此運用詞彙等級之方法訓練華語文本分級模型應屬可行，且此一模型僅用一種語言面向——即詞彙難度等級的十一個參數進行訓練，其結果與最佳之結果相同，可謂最快也最有效之模型訓練方法。

其次，華語詞彙等級與其他各分級模型搭配後訓練之模型，其預測準確度若為現今可見較佳模型——但參數較為複雜之模型暫時無正向的搭配性，而對於較為單一，如詞性譜代表的詞性本身之參數模型，則有相當程度地正向貢獻。而華語詞彙等級在模型訓練中的表現，很可能代表著華語詞彙等級表涵括之概念不等於語言知識中的詞彙面向，而同時包括了判斷華語文本等級的重要概念，如：領域主題、語法點、文本長度……等，因此在模型準備度才得以達到較高的準確度。

關鍵詞：華語詞彙、華語文本分級、自然語言處理（NLP）、詞彙等級、後向神經網路（BPNN）

一　前言

　　「文本分級」是指將文本依照設定的標準分為不同等級的過程，其可以幫助使用者更快速、準確地找到自己需要的資訊，也有助於教育領域的師生更有效率地進行教學和學習。

　　十九世紀，西方已有人開始使用量化方法進行文本分級，當時主要使用的是「線性迴歸法」。隨著電腦技術的普及，大量文本因此得以產出及傳播，對於適應性廣、處理速度快的量化文本之分級需求，進一步激發了文本分級模型的發展。

　　隨著人工智慧（AI）技術的發展，自然語言處理（Natural Language Processing，以下簡稱 NLP）領域也開始發展出文本分級模型，以更好地滿足實際需求。然而，現有的文本分級模型多數以中文為母語進行訓練，對於外語及二語學習者／教學者而言，缺乏足夠的適用性。

　　現今常見的 NLP 文本分級方法主要由英語的閱讀分級而來，其在量化方法上以可讀性評估的方式——如：可讀性公式，針對文本之特徵加以擷取進行分級。[1]通常，此一方法多半採語言學下之語言特徵選取進行訓練，較為繁複，其經常涉及文字、詞彙、語法、語義等層面，特徵選取過程十分複雜並有相當難度；且可能隨不同的對象及目的而有特徵選取的差異，造成模型訓練的阻礙。當然，也有運用例如 Transformer[2]、word2vector[3]等方式，但此些方式轉換後之特徵，係電

1　王蕾：《英語分級閱讀——理念、意義與方法》（北京：外語教學與研究出版社，2021年），頁5。

2　Wolf, Thomas, et al., "Transformers: State-of-the-art natural language processing", 2020, Proceedings of the 2020 conference on empirical methods in natural language processing: system demonstrations. 2020.

3　Mikolov, Tomas, et al0., "Efficient estimation of word representations in vector space.", 2013, arXiv preprint arXiv:1301.3781.

腦自身轉換而得參數，其較無法與前述所提之文字、詞彙、語法、語義等層面連結，因此有黑箱模型之嫌。是故，如何選擇一具有意義且最適合的語言特徵，是華語文本分級模型研究的一個重要課題。

在華語教學／學習領域，能力分級是最重要的核心與基礎項目，舉凡安置、能力評估、教材編寫與分析、課程設計、活動及作業安排、作業批改等，皆需考量到學習者或學習目標的能力等級。而其中能力評估涉及的文本，以及教材編寫、教學時選用教材的分析與作業批改等，都會涉及到文本分級。由此可知，華語文本分級在華語教學／學習場域的重要性。以臺灣現況而言，目前華語文本分級多半還停留在質性分析為主的階段，即依賴專家的判斷，間使用部分量化證據——如詞彙難度、語法點加以進行。雖然如此，此種詞彙／語法點的難度等級運用仍停留在相對簡單且素樸的方法，如：教材或文本出現的詞彙符合預設的等級與否的檢查，尚未將詞彙難度引入自然語言處理模型訓練之中。

就詞彙難度等級（以下簡稱詞彙等級）來說，詞彙等級在華語教學中佔有相當重要的位置，其被廣泛用來教材、評量的編寫分析上。世界各大重要華語能力指標，如臺灣、中國大陸、歐盟漢語學會，皆在公布指標的同時，都同時公布有相應的詞彙等級表，以供運用；至於語法點則未必皆有（如：臺灣早期僅公布華語八千詞[4]、歐漢會亦僅具詞彙等級表[5]，而無語法點等級）。因此，從華語詞彙等級入手，研究其在華語文本分級上模型的運用應屬必要。將華語特有的詞彙難度特徵納入考量，一方面是符合文本分級的效度考量，一方面也可能可以提高模型的準確性和適應性。

因此，導入詞彙難度等級之面向對於華語文本分級極為重要，本

4　TBCL能力指標及詞彙等級參見華測會網站。

5　EBCL能力指標及詞彙等級參見歐漢會網站。

文即擬以現今臺灣國家教育研究院公布之臺灣華語能力基準（Taiwan Benchmarks for the Chinese Language，以下簡稱 TBCL）[6]中的詞彙等級表為基準，運用詞彙等級表進行文本分級模型訓練，觀察詞彙等級面向進行文本分級可行性。此外，本文也將詞彙等級之面向與其他文本分級之重要面向進行結合比較，以明華語詞彙等級與其他面向結合並應用於華語文本分級之可能。

二 文獻探討

文本分級的量化理論是一種分析文本難易程度的方法，其可以幫助教育工作者、學習者及編輯出版在選擇閱讀材料和撰寫材料時作出更為明智的決策。以西方運用量化方法進行文本分級理論而言，主要有以下幾個重要的說法：

首先，以量化方法研究文本分級早在十九世紀即已展開。Sherman 提出了一種句平均單詞量的方法來評估文本的難度，其認為一個句子中的單詞數量越多，該句句子就越難理解。[7]

其次，Flesch-Kincaid 提出了兩個指標來評估文本的難度。[8]其中第一個指標是平均句長（ASL，Average Sentence. Length），即平均每個句子的單詞數量。第二個指標是每單詞平均音節數（ASW，Average Number of Syllables per Word），即平均每個單詞的音節數量。這些指標越高，文本就越難。

6　國家教育研究院：《遣詞用「據」——臺灣華語文能力第一套標準》（電子書），發布日期：2020年。

7　Sherman L. A., *Analytics of literature: a manual for the objective study of English prose and poetry[M]*, Boston, MA: Ginn & Co.,1893.

8　Flesch R., "A new readability yardstick[J]", *Journal of applied psychology*, 1948, 32 (3):221-233.

　　第三，Dale-Chall 提出了難詞數（PDW，Percetage of Difficult Words）和平均句長（ASL）來評估文本的難度。[9] Dale-Chall 定義所謂難詞，即為一定比例的學生可能不知道的單詞，並通過計算文本中難詞的數量來評估文本的難度。與此同時，平均句長也被認為是衡量文本難度的一個重要指標。

　　其後，Lexile 分級閱讀框架也提出了詞彙出現率（語義難度）和句長（句法難度）兩個指標來評估文本的難度。[10]詞彙出現率是指語料庫每五百萬個詞中出現頻率取對數之值（接近詞彙常見頻率），而句長是指文本中句子的平均長度。這些指標越高，文本就越難。

　　最後，ATOS 的可讀性工具以文本年級等級之判斷為目標，將每句單詞數、單詞平均年級等級、每單詞字母數，以及文體及文本長度為依據做為判斷之特徵。[11]

　　中文分級方面，則有以下幾家較為重要的說法。

　　一九七〇年，Yang 首先提出了從中文字的筆劃、難字比率及句長進行分析，其後又修改為詞彙數、句數、筆劃數等方面來進行文本分級。[12]其後荊溪昱於一九九二年提出國小國語教材的量化分級依據，其主要考慮課文長度、句長、常用字比率、文體等因素，[13]然而此時的量化分析仍未運用機器學習的方法。二〇一三年，宋曜廷等人將 NLP 的機器學習方法引入，宋氏等人研究了當時母語（中文）教學角度下的

9　Dale E. & Chall J. S.,"A formula for predicting readability[J]", *Educational research bulletin* 1948, 27(1):11-20。

10　Lennon C. & Burdick H., *The Lexile framework as an approach for reading measurement and success[R]*, 2004.

11　Milone M., *The Development of ATOS readability formula[R]*, Wisconsin Rapids, WI: Renaissance Learning 2014.

12　Yang, S.-J., "A readability formula for Chinese language 1970", Unpublished doctoral dissertation.

13　荊溪昱：《國小國語教材的課文長度、平均句長及常用字比率與年級關係之探討》，臺北：行政院國家科學委員會專題研究計畫報告，1992年。

數十個語言特徵並進行分析，從中選取了漢字、詞彙、複句及結構、語義特徵等二十餘個特徵，以更全面的角度進行了文本分級。[14]宋氏並以這二十幾個語言特徵進行自然語言處理的文本分級模型訓練，成功地建立起準確率百分之七十的中文母語分級模型。而筆者於二〇二二與林敬硯等人提出以「詞性譜方法加上簡化補充特徵」共二十八個特徵，亦建立起準確度百分之六十七之模型[15]。因此，本文以宋曜廷及研究者所提出之三種模型為對照組，以明詞彙等級建立華語文本分級模型之可能性。由於宋曜廷之特徵模型較為複雜且重要，茲以圖示說明宋模型之語言特徵如下以利下文進行：（圖中的語言特徵分類屬如：總字數屬於漢字範疇，為研究者所加）

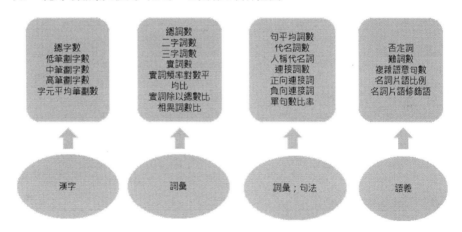

圖一　宋曜廷：漢字、詞彙、複句及結構、語義特徵圖

華語詞彙等級方面，自二〇〇三年以來，華語詞彙難度等級即有多種不同的分級表。其中較具影響力的，包括：臺灣國家華語文能力

---

14 宋曜廷等：〈中文文本可讀性探討：指標選取、模型建立與效度驗證〉，《中華心理學刊》第55卷1期（2013年），頁75-106。

15 林敬硯：《開發二維影像特徵作為華語文本分及方法之研究——結合DIP與NLP技術》，嘉義：嘉義大學電機工程學系碩士論文，2023年。

測驗（TOCFL，Test of Chinese as Foreign Language，以下簡稱 TOCFL）
華語八千詞表、TBCL 詞彙分級表，以及大陸的 HSK 詞彙等級表。

　　臺灣 TOCFL 華語八千詞表最初是由張莉萍在二〇〇三年至二〇
〇四年期間的國科會研究計畫中開發出來的。[16]此一分級表係基於鄭
錦全提出「詞涯八千」理論為依據，[17]並以語料庫為基礎精心挑選而
成。隨著華語學習／教學的需求，華語八千詞在二〇〇七年五月被放
置於 TOCFL 官網上，成為當時測驗的依據。此後，華語八千詞成為
臺灣華語教師教學中常用的判斷依據。

　　然而，TOCFL 華語八千詞表現今已不再被 TOCFL 使用，臺灣目
前主要使用 TBCL 詞彙等級表。本文也將使用 TBCL 詞彙等級表作為
參考依據。具體來說 TBCL 之詞彙分級表係於二〇二〇年公布，共分
為七級，其中一至三級為初級，四至五級為中級，六至七級為高級，
共收錄一萬四千詞。其後，並於二〇二一發布修訂版報告，二〇二二
年再加微調修正，而公布於國家教育研究院之網站。目前公布在網站
之詞彙等級仍舊為七級，但一至四級的部分皆再細分為：1、1*、2、
2*、3、3*、4、4*，各級之詞彙並有些微調整，因此若以全部的分級
來看，TBCL 詞彙等級表共分為十一級，本文即以此十一級詞彙表為
依據，藉以訓練分級模型。[18]

　　此外，必須一提的是，TBCL 詞彙分級表之編製有部分收錄、不收
錄但實際上仍屬該等級者，像是：因為部分收錄而造成未收錄的詞，
如：數目相關之組合性數詞（二十、七十八）、倍數、分數，以及屬

---

16 張莉萍、陳鳳儀：〈華語詞彙分級初探〉，廈門：第六屆漢語辭彙語義學研討會，
　　2005年。

17 鄭錦全：〈詞涯八千（Active vocabulary upper limit 8000）〉，臺北：國立臺灣大學語
　　言學研究所，1999年5月10日。

18 國家教育研究院網站，網址：https://coct.naer.edu.tw/TBCL/index.md。

於不收錄的詞，如：補語為趨向補語，且所構成的詞亦表趨向概念，如：「走出」學校、「走進、走去、跑來」等詞。就具體文本來說仍經常出現，因此本文將此類詞彙以人工方式列入應有的等級，以避免被誤列入超綱詞（超過七級詞）。

三　研究材料及方法

（一）研究材料

　　本研究主要包括兩種語言材料：第一種是蒐集世界各國的華語初、中、高級教學教材而成，共計五十五種教材。其中大部分的教材已有教材編寫者本身之分級；第二種是來自臺灣華語文測驗和淡江大學華語文模擬測驗的閱讀語料，此類語料也已有等級之區分。由此，上述兩種語言材料總計蒐集了一二三九則。

　　由於上述的材料主要係來自世界各國的華語教材，其中部分雖有教材編纂者之等級區分，但由於世界各國的實際的等級認定頗有差異，如臺灣 TOCFL 與大陸 HSK 之差異即在一級以上。因此，本文必須在現行標準中擇定一種，用以進行具體的分級判斷，由此，本研究採取臺灣現今使用能力分級基準（此一能力基準也同時對應歐盟的能力基準）——也就是 TOCFL 的初、中、高級能力基準，做為文本分級的依據。由此能力基準的依據，本文運用了文獻及專家審查兩種方法對蒐集的文本材料進行分級。在文獻方面，首先以該教科書或華語測驗本身的分級進行初步分級。其次再進行專家審查確認其實際等級。本研究之專家審查分級係由任教超過五年的華語專業教師和任教於大學及語言測驗領域超過十年的學者進行獨立分級。在專家學者分別進行分級後，再開會進行討論和決定等級。由此，本文將蒐集的一

二三九則區分為初級語料三八六則，中級語料有六〇二則，高級語料有二五一則。

（二）研究方法

如前所述，本研究的主要目的是建立華語詞彙難度等級表的模型，以提供華語學習者學習和教學的參考依據。在方法上，本研究利用機器學習方法，建立華語詞彙難度分級模型，因此，具體來說，本研究之研究方法主要可以為兩部分：一是模型有效性驗證，另一部分是建立華語詞彙難度等級表的模型，茲分別敘述於下：

首先，在模型有效性驗證的部分中，本研究採用實驗和對照組的方式來進行。對照組方面係以近年來中文文本分級的兩篇三種模型作為對照，分別是：宋曜廷之二十四種語言特徵、謝奇懿和林敬硯的「詞性譜」和「詞性譜加簡化補充特徵」。上述的三個模型特徵經驗證後皆為有效，因此本文將此三種模型作為對照，以比較詞彙等級分級模型的有效性。

在實驗組方面，本研究的主要目標是建立華語詞彙難度等級表的模型。具體來說，本研究先將初、中、高級各二五一篇語料以中研院之 Ckiptagger 進行斷詞，再由研究者依據斷詞後的文本進行詞彙等級表之補充建立完整詞單，再編寫 PYTHON 程式碼進行比對、參數提取。將初、中、高級語料各二五一篇各自進行分析及參數提取後，本研究先將初、中、高級文本各抽取五十篇做為驗證預測用，而後將剩餘的初、中、高級各二〇一篇語料進行模型訓練。在模型訓練完成後，最後再將訓練之模型用於較早抽出的五十篇已知、但未列入模型訓練之文本，用以驗證模型之有效性。上述之程式部分皆以 Python 程式進行編寫，乃是使用 windows 環境，並使用了 pipenv 建立 Python3.6的虛擬環境，透過 Tensorflow（2.2.4）、Keras、Opencv、Numpy 等套件，

進行程式撰寫資料蒐集與訓練。

由此可知，本研究之模型建立流程如下：首先蒐集大量華語教材及標準化測驗之分級文本資料，其次再運用中研院的 CKIPTAGGER 進行斷詞，以將文本轉換成詞彙之組合。然後再擴充詞單，並運用機器學習的方法訓練華語文本分級模型最後再加驗證。茲繪其具體模型之建立流程如下：

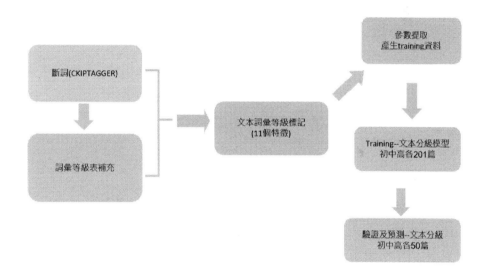

圖二　華語文本詞彙分級模型訓練流程圖

其次，模型訓練方法方面，本研究之模型訓練係採 BPNN（Back Propagation Neural Network，後向傳播神經網路）方法。

所謂 BPNN 方法乃是類神經網路方法的一種，在其之前還有很多用於分類的機器學習演算法，如機率式學習方面有貝葉斯決策法則、KNN，相似性決策方面較有名的有：SVM 法，BPNN 則為誤差式學習即為類神經網路學習之一種，類神經網路學習架構如下圖所示：

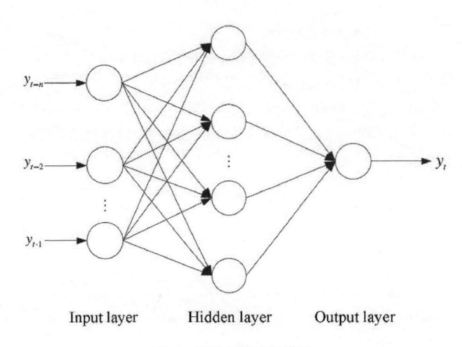

Input layer　　　Hidden layer　　　Output layer

圖三　類神經網路架構圖

上述的類神經網路主要有三層，分別為：輸入層（Input layer）、隱藏層（Hidden layer）與輸出層（Output layer），其中隱藏層可能不只一層，若不只一層時則會稱此架構為深度神經網路（Deep Neural Network），其各層之特徵有如神經元。每個特徵皆與前一層所有特徵相接，且每個特徵都有一個權重，特徵之數值為前一層所有特徵乘上權重之加總，其權重則會藉由倒傳遞演算法做更新，而每個特徵輸出前都會經過一啟動函數，才會輸出到下一層進而學習，類似於一個高階方程式權重就是每一階前面的常數，經由計算與正確結果之差值，來調整前面的常數以符合答案之結果。

　　由於 BPNN 方法涉及 Hidden layer（隱藏層）之設定，依據本研究具體嘗試後，發現十層 Hidden layer 的效果最好，詳情請參考圖四。其他模型訓練之設定亦由圖五所示。

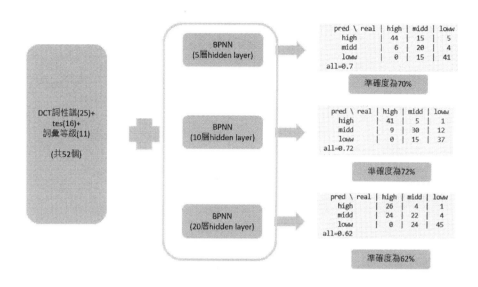

圖四　華語文本詞彙分級模型隱藏層之測試情形圖

Input layer(Batch normalization)	輸入大小52
Hidden layer	10層
Output layer	輸出大小3
Epoch	500
Batch size	200

圖五　BPNN 模型訓練參數架構表

　　此外，由於 BPNN 方法可以篩選有效特徵，關連度小的特徵會被忽略。因此，本研究還嘗試將不同之語言特徵模型與詞彙等級進行搭配，觀察詞彙等級與其他方法之語言特徵合併時，所訓練出來的模型是否可以更好。

四　結果與討論

（一）研究結果

　　本研究以臺灣國家教育研究院公布之華語能力基準 TBCL 中的詞彙等級表為基準，將詞彙等級表做為特徵，以 BPNN 方法進行文本分級模型訓練，並將訓練之模型用於五十篇已知分級結果，但未列入模型訓練之文本，用以驗證模型之有效性。經由此設計，本研究以華語詞彙等級表訓練之華語文本分級模型之預測準確度為百分之七十，此一結果與其他三組先前得出的模型不遑多讓，其結果如下圖所示：

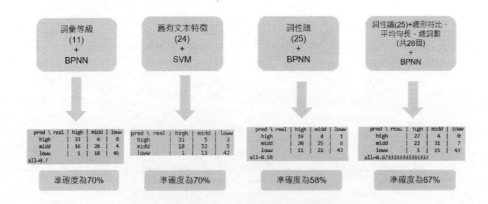

圖六　運用華語詞彙等級建構文本分級模型與其他分級模型之結果對照圖

由上圖的結果可知，以運用華語詞彙等級建構文本分級模型之預測準
備度為百分之七十。而此一模型與其他各分級模型之最佳結果——宋
曜廷之分級模型之準確度（70%）相同，而與「詞性譜加簡化特徵」
之模型接近（68%），因此運用詞彙等級之方法訓練華語文本分級模型
應屬可行。而此一模型僅用一種語言特徵——即詞彙難度等級，將詞
彙難度等級之十一個參數進行訓練，其結果與最佳之結果相同，可謂
最快也最有效之模型訓練方法。

　　其次，在本研究的第二個部分，詞彙面向與文本其他面向之搭配
應用於文本分級模型訓練之情形，本研究得出的詞彙與其他三種模型
面向搭配之訓練預測準備度如下圖所示：

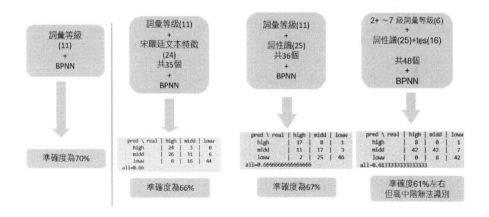

圖七　華語詞彙等級面向與其他模型之參數搭配之模型訓練結果

由上圖的結果可知，華語詞彙等級與其他各分級模型搭配後訓練之模
型，其預測準備度呈現兩種狀況：

　　其一是對於詞性譜本身的模型來說，加入詞彙等級則對詞性譜之
預測準確度有提升，達到百分之六十七，但仍不超過單獨使用詞彙等
級之訓練模型百分之七十，兩者預測準備度接近。

其次，對於原本為百分之七十或接近百分之七十之舊有特徵或「詞性譜加簡化補充特徵」之模型來說，詞彙等級之參數與原本較佳的兩個模型搭配後，其預測略為下降或下降甚多。圖七中最右方的模型：「2*-7級詞彙等級」加「詞性譜」二十五個特徵加「補充特徵十六個特徵」為本研究將詞彙等級與「詞性譜」、「補充特徵」之參數增刪組合後，所得到的組合最佳結果，仍舊下降超過百分之五；若是由「十一個詞彙等級特徵」加「詞性譜加簡化特徵」，則低至百分之六十以下。由此，可見華語詞彙等級之面向與現今可見較佳模型——但參數較為複雜之模型暫時無正向的搭配性，而對於較為單一，如詞性譜代表的詞性本身之參數模型，則有相當程度地正向貢獻。

（二）討論

由上述可知，華語詞彙等級與其他各分級模型相較，為最快也最有效之模型訓練方法。此外，若以華語詞彙等級與其他已有模型搭配後訓練之模型，若為參數較為複雜之模型則無無正向的搭配性，而對於較為單一，如詞性譜代表的詞性本身之參數模型，則有相當程度地正向貢獻。為何根據「華語詞彙等級」，此一看似單一之面向，其模型訓練可達到百分之七十之準確度？此一現象與其他有效之複雜模型，如：包括了漢字、句法、詞彙語義等面向之模型何以能達到接近之準確度？要回答這個現象，可能的解釋有二：

其一，對華語教學使用之教材文本來說，詞彙面向的重要性要超過結構、漢字、句型及語義面向，因此，若以詞彙面向進行模型訓練，其準確度要較其他為高。然而，此一推論恐怕不完全符合實際華語教學中判斷等級之質性考量，也不符合中文文本等級（高低）的質性判斷。因為文本的難度的確是會同時考慮到詞彙以外的語言知識面向的。

　　其二，華語詞彙等級表做為一實際的存在物，其產生的過程同時涉及很多面向，因此不可將華語詞彙等級等同於華語中的詞彙知識面向，其可能涵蓋了其他面向，此這些其他面向，也同時與華語文本分級密切相關。

　　筆者以為，第二種解釋較為可能。首先，以臺灣、大陸所共同依據之歐洲共同語言參考架構（CEFR）來說，其等級之首要考量為領域、主題範疇，其次為語言知識面，若是僅將詞彙等級視為詞彙面向屬第二層次之語言知識點部分，並不符合事實（華語詞彙等級表產生的過程）。因為 CEFR 之架構，乃是先在領域主題的架構中，下轄語言知識的各部分的。因此，詞彙等級表要考量詞彙的難度，領域主題乃是第一義，像是張莉萍最早編製的臺灣師大華語文能力測驗詞彙分級表，即考量情境（也就是主題情境）部分[19]。現今的（臺灣）華語詞彙等級之產生，也是先考量領域主題下而產生的。此外，在編製詞彙表「等級」的同時，詞的功能也是考量的因素之一。張莉萍提到：「每個詞再依他們不同的用法來分別計算其使用次數、頻率。因此不但以詞彙的數量計量，部分詞彙不同的語法表現皆一併納入計算，並依其不同的詞重（weight）分別放入不同的等級。」[20]，可見詞彙表之收錄詞彙時，其功能──涉及語法層次也是考量內容之一。不僅如此，臺灣國教院之華語詞彙分級表即曾說明，TBCL 詞彙分級表之編製有部分收錄、不收錄但實際上仍屬該等級者，像是：屬於部分收錄但不收

---

19 張莉萍、陳鳳儀：〈華語詞彙分級初探〉，廈門：第六屆漢語辭彙語義學研討會，2005年。此外，曾文璇〈華語八千詞詞彙分級研究〉也強調：「近年華語教學以情境教學、任務教學為主，強調語言溝通的重要性，越來越多的詞表在考量詞頻外，也考量了情境任務。」，參見曾文璇：〈華語八千詞詞彙分級研究〉，《華語學刊》總第16期，2014年。

20 張莉萍、陳鳳儀：〈華語詞彙分級初探〉，廈門：第六屆漢語辭彙語義學研討會，2005年。

錄的詞，如：數目相關之組合性數詞（二十、七十八）、倍數、分數，
以及屬於不收錄的詞，如：補語為趨向補語，且所構成的詞亦表趨向
概念，如：「走出」學校、「走進、走去、跑來」等詞。這些詞，事實
上也是 TBCL 公布的語法點，也就是說，詞彙分級表做為語法點[21]的
物質軀殼，其可涵括相當多的語法面向。且所謂的語法點，與語法學
強調的句型不同，具有語法功能之詞彙即為語法在實際文本中的物質
軀殼，強調、時態、時間標記、被動……等，大部分皆有外顯形式而
被收錄於詞彙分級表中。而且，強調結構的語法的銜接標記也在詞彙
表之中，無標記之結構關係到目前為止仍然很難被 NLP 處理，這或許
也是準確度有其上限的原因。

　　其三，就模型訓練來說，以華語詞彙等級所得之參數為該本文在
各等級詞彙的數量，不取標準化（normalize），因此包括各本文詞彙
量的多寡訊息，此一訊息也就是文本長度的表徵，而文本長度自十九
世紀以來，即是文本分級中的重要部分。

　　因此，本文認為，華語詞彙等級表之概念並不等於語言知識中的
詞彙面向，華語詞彙等級表涵括的概念，超過詞彙本身，而同時包括
了判斷華語文本等級的重要概念，因此在模型準備度才得以達到較高
的準確度。要知道，在最早以 NLP 方法進行模型訓練成功的宋曜廷等
人的模型參數，其來源乃是先依漢語知識面加以拆分，再依問卷或分
項給分方式，計算出各單獨語言知識點的關連度高低而得，乃是由局
部而整體，各知識點的數值來源不一，並沒有整體性的由上而下的構
念思考來顧及各知識點的計算。因此，其對文本等級（評分）之基本
構念，不同於華語文本使用之「溝通式語言觀」。華語文本的分級，
乃是在領域主題下，就實際的語料型態的各知識點難分加以考量。而

---

21 必要說明的是，華語教學的語法點不等同於語法規則，其本身乃是以詞彙樣態存在。

華語詞彙等級表之產生，即是在由上而下的構念下，透過文字物質外殼──詞彙的出現頻率、組合搭配選取而成。因此，本文認為，華語詞彙等級之概念十分複雜，其占有華語文本分級之重要分量。

由此一思路返觀「華語詞彙等級」與其他模型的搭配問題，可知若是華語詞彙等級涵括不只於詞彙本身，因此若是搭配其他也是涵蓋多個語言學知識面向的模型，如宋氏等人的模型，即因為內在知識構念很可能重複的原因，沒有正向加強的效果。而若是詞性譜等訊息面向單一的模型，若是面向差異較大，則有正向加強效果。原因是詞性譜所得雖為詞性，但其涵蓋了一個重要的面向應該是詞彙等級缺少的，即為詞彙的多樣性，此一多樣性通常用型符比加以表徵，而詞性譜即涵括了形符比表徵的詞彙多樣性。由此，從華語教學看文本分級模型的建立，詞彙等級之特質值得重視，了解其特質並適當地選擇搭配，或可得到更高的分級結果。

五　結論

由上述可知，運用華語詞彙等級建構文本分級模型之預測準備度為百分之七十。而此一模型與其他各分級模型之結果接近，因此運用詞彙等級之方法訓練華語文本分級模型應屬可行。而此一模型僅用一種語言特徵摘要即詞彙難度等級，將詞彙難度等級之十一個參數進行訓練，其結果與最佳之結果相同，可謂最快也最有效之模型訓練方法。

其次，華語詞彙等級與其他各分級模型搭配後訓練之模型，其預測準確度若為現今可見較佳模型摘要但參數較為複雜之模型暫時無正向的搭配性，而對於較為單一，如詞性譜代表的詞性本身之參數模型，則有相當程度地正向貢獻。

因此，本文由上述的現象結合質性加以推論，認為華語詞彙等級

表之概念並不等於語言知識中的詞彙面向，華語詞彙等級表的建立，係符合華語教學中語言能力的構念，由此構念出發，才具現為詞彙等級表之樣態。因此，華語詞彙等級涵括的概念，超過詞彙本身，而同時包括了領域主題、語法，文本長度等，成為判斷華語文本等級的重要概念，而在模型準備度才得以達到較高的準確度。由於華語詞彙等級表本身符合華語能力、及能力等級的構念（包括過程），才能達到與其他有效之模型相同的準備度。

參考文獻

Sherman L. A., *Analytics of literature: a manual for the objective study of English prose and poetry[M]*, Boston, MA: Ginn & Co., 1893.

Flesch R., "A new readability yardstick[J]." *Journal of applied psychology*, 32(3):221-233, 1948.

Dale E. & Chall J. S., "A formula for predicting readability[J]", *Educational research bulletin*, 27(1):11-20, 1948.

Stenner A. J., "Measuring reading comprehension with the Lexile framework", paper presented at the *Fourth North American Conference on Adolescent / Adult Literacy[R]*, Durham, NC: MetaMetrics Inc., 1996.

Lennon C. & Burdick H., *The Lexile framework as an approach for reading measurement and success[R]*, Durham, NC: MetaMetrics Inc., 2004.

Milone M., *The Development of ATOS: the Renaissance readability formula[R]*, Wisconsin Rapids, WI: Renaissance Learning, 2008.

Milone M., *The Development of ATOS readability formula[R]*, Wisconsin Rapids, WI: Renaissance Learning, 2014.

Yang, S.-J., 1970, "A readability formula for Chinese language. Unpublished doctoral dissertation", University of Wisconsin, Madison, WI..

Wolf, Thomas, et al., "Transformers: State-of-the-art natural language processing", Proceedings of the 2020 conference on empirical methods in natural language processing: system demonstrations, 2020.

Mikolov, Tomas, et al., 2013, "Efficient estimation of word representations in vector space.", arXiv preprint arXiv:1301.3781.

王　薔：《英語分級閱讀——理念、意義與方法》，北京：外語教學與研究出版社，2021年。

宋曜廷等：〈中文文本可讀性探討：指標選取、模型建立與效度驗證〉，《中華心理學刊》第55卷1期，2013年。

林敬硯：《開發二維影像特徵作為華語文本分及方法之研究——結合DIP與NLP技術》，嘉義：嘉義大學電機工程學系碩士論文，2023年（原發表於謝奇懿、林敬硯、謝奇文等，香港：第七屆國際漢語教學研討會，2022年）。

荊溪昱：《國小國語教材的課文長度、平均句長及常用字比率與年級關係之探討》，臺北：行政院國家科學委員會專題研究計畫報告，1992年，報告編號NSC 81-0301-H-017-04，臺北：行政院國家科學委員會。

荊溪昱：〈中文國文教材的適讀性研究：適讀年級值的推估〉，《教育研究資訊》第3卷第3期，1995年，頁113-127。

梅家駒、筑一鳴、高蘊琦、殷鴻翔：《同義詞詞林》，上海：上海辭書出版社，1984年。

張莉萍、陳鳳儀：〈華語詞彙分級初探〉，廈門：第六屆漢語辭彙語義學研討會，2005年。

曾文璇：〈華語八千詞詞彙分級研究〉，《華語學刊》總第16期，2014年。

歐漢會：EBCL（歐洲漢語能力指標），歐洲：歐洲漢語學會，2019年。

鄭錦全：〈詞涯八千（Active vocabulary upper limit 8000）〉，臺北：國立臺灣大學語言學研究所，1999年5月10日。

國家教育研究院：《遣詞用「據」——臺灣華語文能力第一套標準》
　　（電子書），臺北：國家教育研究院網站，2020年。

國家教育研究院技術報告：《遣辭用「據」——臺灣華語文能力第一
　　套標準》修訂版，臺北：國家教育研究院網站，2021年。

國家教育研究院：TBCL 詞彙分級查詢，臺北：國家教育研究院網站，
　　2023年。

基隆港古船舶模型再現之
歷史脈絡敘事展示

莊育鯉

國立臺灣海洋大學海洋文創設計產業學系 助理教授

顏智英

國立臺灣海洋大學共同教育中心語文教育組 教授

摘要

　　追溯過往的歷史，臺灣一直被外來征服者與海上探險家，視為東亞海上航線的重要據點，位於臺灣北端的基隆港，就成為臺灣最先接觸外來文化的地方之一。從大航海時代（Age of Discovery）貿易發達的開始，西班牙人、荷蘭人與甲午戰爭後的日本人，戰後的中國移民先後接踵而至，歷經了幾次國家統治更替與行政組織的變化，基隆從無人之境，到代表官方的重視，多年的發展變化與文化累積的多元性，逐漸使得這座城市擁有更複雜多元的容貌。走過歷史的脈絡，「船」促使基隆開埠，基隆也因「船」而興盛，到過基隆港口的船隻承載著穿越基隆的記憶。本研究以曾經來到過基隆港的歷史船隻為研究主題，架構基隆歷史船隻影像（image）的「視覺體制」（scopic regime）與淬煉在地性與文化性的意象，創造更多地方基隆海洋意識情感交流的核心價值。

關鍵字：基隆、歷史、船舶模型、再現、文創設計

一 研究動機與目的

　　地方特色文化的延續與開發，是近年來地方振興的重要元素與新經濟型態，若能運用當地特有的特色人文條件元素，重新設計轉換成具有獨特、歷史、文化特性的地特色意象商品，將可創造地方新的經濟型態（和田充夫，菅野佐織，德山美津惠，長尾雅信，& 若林宏保，2009）。歷史文化是人類深厚人文底蘊的積澱，不僅是人類生存的基本生理需求，也反映出居住環境與人文歷史發展、在地生活環境與群體行為的詮釋，具有標定社會與個人生活的意義與文化面相，也是一種社會機制與儀式行為的表徵，有著深刻的社會內涵與傳統文化的意義（廖世璋，2016）。

　　自葡萄牙人以「福爾摩莎」稱呼臺灣後，隨著西方大航海時代的來臨，臺灣以優越的位置與特殊的物產吸引著歐洲強權，而位於臺灣北端水陸之交「要害」的基隆，是臺灣進出的重要港口，素有「臺灣門戶」之稱，遂成為海上兵家的必經之地，歷經了多種政權的移轉、更迭。此外，位於基隆港船舶出入厄口的和平島，其與臺灣本島間唯一連接的水道——八尺門，則因其天險的地形與海口的位置而經常成為強權船舶登陸的戰場。凡是來到基隆或和平島扣關的強權，皆非倚賴船舶不可，因此，我們便定調以歷史船模型的文創商品系列為展示主軸，來穿越基隆的時空，訴說基隆豐富的歷史故事。

　　因此本研究以曾經來到過基隆港的歷史船隻為研究主題，用「船」的角度來審視基隆的歷史軌跡，並透過立體模型的設計製作和視覺影像「再現」（representation）建構承載基隆記憶的船隻系統，並定義特殊歷史、社會脈絡下的基隆港。同時藉由二〇二二年基隆舉辦城市博覽會（Keelung City Expo）的展出，檢視到過基隆港的歷史船隻所蘊含

的多層次意義。希望經由展示與圖像的互文性（intertextuality）關係，藉此鋪陳出十七至十九世紀東西方海權帝國凝視下，架構基隆歷史船隻影像（image）的「視覺體制」（scopic regime）與淬煉在地性與文化性的意象，創造出更多地方基隆海洋意識情感交流的核心價值。

二　文獻探討

（一）基隆港

　　基隆位於臺灣最北端，地理環境依山傍海，是北臺灣重要門戶，四百年前西班牙、荷蘭先後占領基隆後，成為商貿、傳教的據點之一。讓基隆正式打開了國際大門，短暫的殖民利益導向，對基隆並沒有太多的風貌轉變，少有突破性的改觀。大航海時代的崛起，東西間列強的交戰，航海的據點需求，基隆港因是岬灣相間的天然港，東南西三面環山，並有基隆嶼、和平島屏障於前，形勢天成，是特殊天然的隱蔽地形，因具有戰略地理條件而漸受矚目，經濟與戰略地位重要，而被捲入海權時代世界歷史發展之中，近一百年來逐漸發展為臺灣最重要的港口古都（陳凱雯，2014）。

　　一六八三年（康熙二十二年），明鄭降清，康熙年間臺灣正式納入清廷版圖，福建漳州的大陸先民橫跨「黑水溝」，陸續大規模移居臺灣開墾，漢人相繼入墾雞籠港灣的西岸、南岸，聚落隨之集中，並在南岸崁仔頂形成街道，市街逐漸繁榮。基隆自然天成的港灣形勢與地理位置的優勢條件，在清領臺灣末年受到中法戰爭的影響後，成為臺灣重要的門戶與軍事基地，而逐漸開發，開啟了基隆獨樹一格的港口都市文化人文與社會形貌。甲午戰爭日本取得臺灣，治臺期間戰爭物資的運送效率需求，將基隆建設為臺灣與日本的轉運點，對港區施行有目的性的全面性的現代化港口改造，加強港口與腹地之聯繫。在

經歷日本政府現代化建設之後，基隆港口發展與內陸腹地的貿易機能已成為日後港市發展的基礎，戰後的基隆更長期扮演全臺最大進出港的要角。

（二）基隆港船舶歷史

1 西班牙時期——馬尼拉大帆船

瀰漫著殖民風潮的十七世紀，列強以長槍彈藥為切割的刃，以航海技術為衡量的尺，瓜分這塊名為地球的蛋糕。一六二六年，西班牙遠征船隊司令 Antonio Carreño de Valdés 率領兩艘軍艦及十二艘「馬尼拉大帆船」航向臺灣，船上的帆與風相撞的聲音就像鼓舞戰隊的擊鼓聲，彷彿敲打在侵略者的胸膛，他們對和平島的岬灣露出獠牙，五月十一日抵達雞籠港，十六日又以破竹之勢占領了雞籠（今和平島），並建「聖薩爾瓦多城」以銘記這段歷史的記憶（圖一）。

2 荷蘭時期——荷蘭大帆船

一六四二年，統治著南臺灣的荷蘭人北上趕走了西班牙人，開始在島上構築其勢力。荷蘭人有如獵豹，懷藏著深不見底的企圖心，仰賴著載重淺、速度快、便於沿海沙洲航行的「荷蘭大帆船」，由於它被調低的船首與延長的船身，航行水面極為穩定，又便於改裝成商用及軍用帆船，因此，更有助於荷蘭人進行殖民與貿易工作（圖二）。

3 明鄭時期——鳥船

一六六八年，荷蘭人被鄭氏逼迫離開時，在「番字洞」內石壁上鑿刻下歷史的印記；而此時期，明鄭的主要戰船——「鳥船」，更承載著鄭氏王朝的歷史與糾葛，它是中國最早的外洋船型，船身「龍」的

彩繪與裝飾，象徵著權勢、高貴、尊榮，船首的龍目更有安全返回的
祈願意義（圖三）。

4 清朝時期（一）鴉片戰爭——納爾不達號

　　新的時代與故事隨著歷史的洪流來臨，在清朝政府開始頒布禁菸
命令，並派欽差大臣林則徐前往廣州負責執行的背景下，英軍攻臺。
一八四一年，鴉片戰爭期間，英國雙桅運輸艦「納爾不達號」駛入雞
籠，與二沙灣守軍相互射擊，被雞籠守軍的大砲擊傷後，拖著被擊破
的身體，準備從岌岌可危的港灣撤退，卻不幸誤觸暗礁，多名船員落
水溺斃，成為戰爭下的犧牲者（圖四）。

5 清朝時期（二）中法戰爭——貝雅德號

　　一八八四年，烽煙又起，九月中法戰爭期間，法國孤拔中將乘
「貝雅德號」攻擊雞籠。該裝甲巡洋艦為法國設計駐海外的巡洋戰
艦，是孤拔中將的旗艦。法國遠東艦隊雖於海戰贏得全勝，並一度攻
占基隆、澎湖等地，卻因滬尾一役受挫，以及疫病流行，無法達成拿
下臺灣全島的戰略目的。而後，孤拔於澎湖去世，也由貝雅德號載送
其遺體返回法國（圖五）。

6 日本時期——高千穗號

　　一八九四年甲午戰爭爆發，一八九五年五月，割讓的合約已簽
定，日本艦隊松島、浪速、高千穗、千代田等艦護衛著十四艘運輸船
前來接收臺灣。堅持不投降是臺灣人最後的掙扎，以一身倔強與日本
作戰，可惜，雙方武力懸殊，臺灣各地逐漸失守，其中，「高千穗號」
派出的偵察汽艇因在八斗莊西北海面受到襲擊而對該處守軍進行炮擊。
接著，日軍用十四顆水雷引爆北部僵化的戰局，將臺灣人的希望炸成

粉末，於是北部失守，在煙霧與火花之間日人接收了臺灣（圖六）。

圖一　馬尼拉大帆船

資料來源：t.ly/-AYt

圖二　荷蘭大帆船

資料來源：t.ly/3qch

圖三　鳥船

資料來源：t.ly/aDn3m

圖四　納爾不達號

資料來源：t.ly/Doqk

圖五　貝雅德號

資料來源：t.ly/K1lD

圖六　高千穗號

資料來源：t.ly/I1W_

三　設計製作

（一）地域特色文創商品

　　地方特色符號具地域性文化特色，是經由區域社會集體認知文化的形成，地域特色符號的文創商品運用，不僅是在實質上意義的對應，更看重地方文化脈絡結構的連結，同時是用來解讀商品的特色文化意涵。

　　依據索緒爾（Ferdinand de Saussure）符號理論分析，符號具有「符號具」（signifier）和「符號義」（signified）的兩面性，主要呈現能被知覺感官具有可傳達意義的實質形式的符號具（signifier）部分即符號外在展現的顯像，另一部分則是屬心理上的、無形的內在概念的符號義（signified）即內在承載的價值與意義的部分，從而得以了解個別符號所承載的價值與意義，能產生辨別及閱讀意義（表一）。

表一　索緒爾符號學的具體符號意義

	符號具（signifier）	符號義（signified）
符號形式的呈現	外在實質的具象特徵	無形的內在概念
特性	感官呈現	心理觸動
認知模式	生理訊息	心理認知連結
形式	有形呈現	無形
意義形式	有形的外顯	抽象的概念、情感
價值性表徵	經濟性價值	象徵性價值

　　具地方特色的文創商品是以象徵性符號創作為內容的產業，需要能清楚傳達地方文化象徵意涵。商品符號的意義詮釋上指涉多種及多重的符號意義，有著經濟價值與象徵性價值的面向，亦即「符號⟷

型態＋意涵」之形式所構成（星野克美，1988）。

在設計發展上須由文化的訊息結構層次編碼而來，更清楚的承載特定的地方文化意義，傳遞出更深層的意義與地方歸屬感，而成為一種感情、價值、文化的載體，並提供可參考的符號發展認同，讓地方意象符號能引起地域情感的共同記憶與更多元與深入性的符號經濟價值運用。

（二）設計方法

本研究將設計流程分為前後兩個階段，同時採用雙鑽石設計流程架構中的發現、定義、發展、實行四個步驟（Elmansy，2021）（圖七）。

程序上，先進行文獻探討，透過李其霖《清法戰爭滬尾之役調查研究計畫第二期—地理資訊系統先期調查研究成果報告書》、湯錦臺《大航海時代的臺灣》、林偉盛〈荷蘭東印度公司在大員的船舶與貨物轉運〉等文獻的爬梳（李其霖，2019；林偉盛，2015；湯錦臺，2001），從西班牙時期、荷蘭時期、明鄭時期、清朝時期（一）鴉片戰爭、清朝時期（二）中法戰爭、日本時期挑一艘與和平島或基隆有關連的船，並摘要其與基隆政權更迭消長的相關史事；然後，研究上述選定六種船的造型特色與圖片進行設計與製作船模型（圖八、九、一〇、一一）。

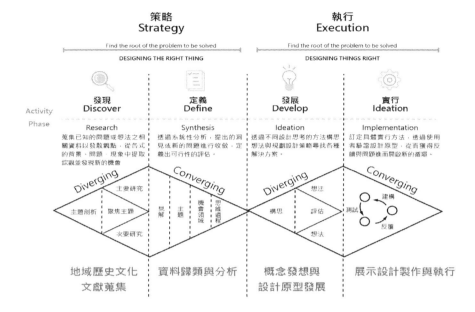

圖七　設計流程

西班牙時期

（1）一六二六年，西班牙派出遠征隊在
和平島登陸。

（2）西班牙人隨即在島上西南方修築聖
薩爾瓦多城，十多年後才完工。

（3）馬尼拉大帆船（Galeón de Manila）
一六二六年西班牙遠征船隊共有兩
艘軍艦（galley）及十二艘中國船
（馬尼拉大帆船，Galeón de

Manila），由Antonio Carreño de Valdés擔任司令，同行還有幾位道明會
士。五月七日船隊航向臺灣，沿著臺灣東海岸航行三天，五月十日到
達臺灣東北部海灣，命名為Santiago（三貂角），先行部隊五月十一日
抵達雞籠港，十六日占領雞籠（今和平島）。

圖八　文獻探討與船舶選定

圖九　模型設計繪製（繪製：林語柔）

圖一○　模型製作（製作：林語柔）與說明板視覺設計

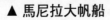

▲ 馬尼拉大帆船　　　　　　　▲ 荷蘭大帆船

▲ 鳥船　　　　　　　　　　　　▲ 納爾不達號

▲ 貝雅德號　　　　　　　　　　▲ 高千穗號

圖一一　基隆港六艘古船舶模型

展示呈現

　　展示的定義在於藉由多元的見解及觀點，分析詮釋展示物件所欲傳達的各種層面意義以及意涵。現代展示館的設立目標，在強調教育與學習，同時考慮人與展示之間的情境交流，讓參觀者有多樣性的體驗與學習（林芳穗 & 劉雪芬，2006；林崇宏，2011）。以觀賞者而言，以直接展示型式將展品呈現在觀賞者面前，應是最可以迅速的得到並能明確的瞭解展示內容的展示方式。

　　本次的展覽為表現物件與展示內容的脈絡與故事，在展示規劃上以具象的圖樣方式，藉由圖像、文字、展品，將複雜且多元的歷史船

隻文化訊息，做間序列性的系統性展現，於特定時間與空間中，轉換
成完整的內容型式，將傳統的船隻物件或是抽象的歷史文化概念知識
圖像化，透過敘述展示故事脈絡與展場情境的塑造，喚起觀賞者對基
隆船舶的歷史認知，提高對展示品與展示內容的認識，期望能有效的
傳達訊息，也能引發觀賞者的興趣進而學習基隆船舶的相關知識（圖
一二、圖一三）。

圖一二　展示設計陳列之效果

圖一三　參觀者的深切互動

四　結論與建議

　　歷史的烙印，流淌在基隆的時光裡。港口與和平島承載著穿越世紀的記憶，從西荷、明清競逐到日治、民國時期，豐富文化與歷史底蘊蕩漾著，強權的軍艦與武器爭鳴著，美麗的雞籠霧雨迷濛，更添惆悵……然而，這些政權的更迭消長與往來基隆港、和平島的船艦記憶，卻也成為和平島與基隆珍貴的歷史文化資產。和平島作為基隆的門戶，而基隆又為臺灣頭，一直以來，和平島的歷史發展與基隆息息相關，飽受強權的覬覦與侵略，同樣擁有著豐富而珍貴的歷史文化資產。這些文化資產，透過本次從歷史文獻分析、脈絡匯集、設計製作，同時藉由展覽中展示構成的元素與呈現來感知時代的脈動，達到基隆歷史船舶人文教育的目標推廣。

　　本研究以此個案，設計上以基隆歷史戰爭船舶的特色文化為主線，以船舶為載體，象徵式的模型設計商品為表象，探討基隆文化特色在設計與運用過程中，所運用之資源、設計表現與價值創造的相關聯性，未來在針對歷史文化類似的相關研究時，能從此意義的基礎上，深刻體會設計作品所要表達的歷史文化深刻內涵與探索地域文化

下的元素可能展現的新風貌。後續類似主題的設計應用發展上可以嘗
試以不同的人、物與景，來呈現不同的地方文化風貌的可能發展來結
合設計作文化創意再現。

　　本研究成果承基隆市文化局邀請，於二〇二二年基隆城市博覽會
K 展區——要塞司令部展出，謹此致謝。

參考文獻

Elmansy, R. (2021). The Double Diamond Design Thinking Process and How to Use it. Retrieved from https://www.designorate.com/the-double-diamond-design-thinking-process-and-how-to-use-it/#google_vignette

李其霖（2019）：清法戰爭滬尾之役調查研究計畫第二期──地理資訊系統，新北市：新北市立淡水古蹟博物館。

和田充夫，菅野佐織，德山美津恵，長尾雅信，&若林宏保（2009）：地域ブランド・マネジメント，東京：有斐閣。

林芳穗，& 劉雪芬（2006）：博物館展示策略與說明標示之研究，科技學刊，15（1），15-26。

林偉盛（2015）：荷蘭東印度公司在大員的船舶與貨物轉運，國史館館刊，45，1-58。

林崇宏（2011）：博物館展示設計流程探討：解析博物館展示設計方法之實務應用，科技博物，6。

星野克美（1988）：符號社會的消費（黃恆正 譯），臺北：遠流出版公司，原著出版於1985年。

陳凱雯（2014）：日治時期基隆築港之政策、推行與開展（1895-1945）嘉義：國立中正大學。

湯錦臺（2001）：大航海時代的臺灣，臺北：貓頭鷹出版社。

廖世璋（2016）：地方文化產業研究，高雄：巨流圖書。

文學研究叢書・辭章修辭叢刊 0812A11

章法論叢・第十五輯

主　　編　中華民國章法學會
責任編輯　林以邠

發 行 人　林慶彰
總 經 理　梁錦興
總 編 輯　張晏瑞
編 輯 所　萬卷樓圖書股份有限公司
　　　　　臺北市羅斯福路二段 41 號 6 樓之 3
　　　　　電話 (02)23216565
　　　　　傳真 (02)23218698

發　　行　萬卷樓圖書股份有限公司
　　　　　臺北市羅斯福路二段 41 號 6 樓之 3
　　　　　電話 (02)23216565
　　　　　傳真 (02)23218698
　　　　　電郵 SERVICE@WANJUAN.COM.TW
香港經銷　香港聯合書刊物流有限公司
　　　　　電話 (852)21502100
　　　　　傳真 (852)23560735

ISBN 978-986-478-850-7

2023 年 6 月初版一刷
定價：新臺幣 280 元

如何購買本書：

1. 劃撥購書，請透過以下郵政劃撥帳號：
　　帳號：15624015
　　戶名：萬卷樓圖書股份有限公司
2. 轉帳購書，請透過以下帳戶
　　合作金庫銀行　古亭分行
　　戶名：萬卷樓圖書股份有限公司
　　帳號：0877717092596
3. 網路購書，請透過萬卷樓網站
　　網址 WWW.WANJUAN.COM.TW

大量購書，請直接聯繫我們，將有專人為
您服務。客服：(02)23216565 分機 610

國家圖書館出版品預行編目資料

章法論叢. 第十五輯/中華民國章法學會主編.-
- 初版.-- 臺北市 ： 萬卷樓圖書股份有限公司,
2023.06
　　面 ；　　公分. -- (文學研究叢書. 辭章修辭叢
刊 ; 812A11)
ISBN 978-986-478-850-7(平裝)

1.CST: 漢語　2.CST: 作文　3.CST: 文集

802.707　　　　　　　　　　　　112008789